Riki G.

„Liebe auf Zeit"

Eine multikulturelle Beziehung

Herstellung und Verlag: Books on Demand GmbH, Norderstedt

ISBN 978-3-8391-9279-5

Impressum:

Inhalt

Vorwort

Dieses Buch erzählt von einer multikulturellen Beziehung. Alle Personen oder Handlungen sind authentisch, jedoch die Namen wurden aus Respekt der Personen gegenüber geändert.

Ich widme dieses Buch einen Mann, mit dem ich einen langen Lebensabschnitt durchlebt habe. Das Wort „Integration" hatte in unserer Beziehung unterschiedliche Bedeutung. Bei ihm schien es zumeist nur „ein Wort", bei mir hatte „sie" stattgefunden. Obwohl täglich von den Medien vermittelt wird, dass Kunst, Kultur oder Sport ein geeignetes Werkzeug für Integration sei, hatte sie im Alltag bei meinem Partner nach 20 Jahren unseres Zusammenlebens nicht gefruchtet.

Ich möchte mich an dieser Stelle bei DEMI bedanken, der mir sein Einverständnis gab, die gemeinsamen Erlebnisse niederzuschreiben.

Es stand und steht nicht in meiner Absicht, ihn zu diskriminieren oder zu beleidigen, doch verspüre ich den innerlichen Wunsch meine Gefühle wahrheitsgetreu niederzuschreiben, die zugleich eine Art „Aufarbeitungszeit" bedeuten.

Ich danke meiner Tochter, die mir in all den Jahren treu zur Seite stand und mir ihr Mitgefühl und ihre Stärke schenkte. Und zuletzt meinem allersüßesten Enkelkind, das dazu beigetragen hat, dass ich diese Trennung leichter hinnehmen konnte, da sie mich durch ihre ehrliche und reine Liebe aus meiner tiefen Betroffenheit hinausgezogen hat. Ich bin froh und dankbar, dass es sie gibt.

Zu meiner Person:

Geschieden, Realistin, selbstständig, selbstbewusst, sehr weiblich. Ich beanspruche keine Gleichberechtigung, bin gefühlsbetont, humorvoll und „fast immer" ehrlich. Ich liebe die Sonne, das Meer und die Wüste. Ich liebe die Wiesen, den Wald, den Regen und den Schnee.

Ich mag ehrliche und positiv denkende Menschen, die gerne lachen. Ich mag alle Menschen, die mich mögen und: „ich bin sehr gerne auf dieser Welt".

Die erste Begegnung

So zufällig eine Begegnung, eine Stimme. So begann ein Abschnitt meines Lebens, in dem ich nicht ahnen konnte, dass sich diese Begegnung zu einer Beziehung entwickelt, sich zu einer Art „Liebe" entfaltete und 20 Jahre lang andauern sollte.

Es war ein sehr kalter Tag im März und gerade 5 Monate nach meiner Scheidung. Nach Büroschluss flott unterwegs nach Hause und nachdenkend, was ich wohl heute kochen werde. Ich war frei, ja „frei"! Gott sei Dank brauche ich mich nicht mehr nach einem Mann zu richten! Ein kleines zufriedenes Lächeln stahl sich auf meine Lippen und ein Glücksgefühl durchrieselte meinem Körper. Meine Tochter war erwachsen und so konnte ich zufrieden meiner weiteren Zukunft entgegensehen.

Noch in Gedanken versunken hörte ich eine männliche Stimme hinter mir. "Alo Madame!" Wie vom Blitz getroffen wendete ich mein Gesicht und sah in zwei blitzschwarze, temperamentvolle, jedoch zugleich sanfte

Augen, die mich total irritierten. Wie gebannt blieb ich stehen und mein Herz klopfte aufgeregt. Ich kniff meine Augen vor Verlegenheit ein wenig zusammen. Obwohl ich eine derartige Situation nur aus Filmen oder vom Hörensagen kenne, erlebte ich in diesem Augenblick dieses „Aha-Gefühl: "Das ist er", dieser Mann hat etwas!! Er sprach mit französischem Akzent. Deswegen konnte er kein „H" aussprechen, was sich sehr erotisch anhörte. „Entschuldigen Sie Madame, ich musste Sie ansprechen, darf ich sagen, dass sie sind so wunderschön?" „Darf ich Madame bitten um eine Tasse Kaffee?" Ich vertiefte mich in seinen Blick und war sehr verwirrt. Doch sofort wehrte ich ihm ab und log, indem ich ihm vergewisserte, dass ich glücklich verheiratet sei, eine erwachsene Tochter habe und vieles mehr. Er blickte mich mit seinen pechschwarzen Augen an und ich bemerkte ein kleines verlegenes Schmunzeln auf seinen Lippen. Ich denke mal, er wusste damals ganz genau, dass es mit uns weitergehen wird! Ich registrierte, dass er mit Jeans und einem weißen T-Shirt bekleidet war, was ihm unheimlich gut stand. Seine leicht gebräunte Haut war glatt und weich anzusehen. Er gefiel mir vom ersten Augenblick an, er hatte etwas „Liebes" an sich. Es folgte eine etwas schwierige Unterhaltung, doch letztendlich tauschten wir unsere Namen und Telefonnummern aus. Seinen Namen jedoch vergaß ich sofort wieder, denn einen derartigen Namen hatte ich noch nie gehört.

In den nächsten Tagen wartete ich gespannt auf seinen Anruf. Abends, bevor ich einschlief, musste ich immer an ihn denken. Er schien mir so fremd, so exotisch! Ich hatte die erotischsten, Phantasieträume. Im Traum stellte ich mir vor, wie seine Hände meinen Körper streichelten und ich wusste, ich würde dieses Risiko eingehen, um es in der Realität kennen zu lernen. Wenn er mich wirklich kennen lernen wolle, würde er sich sicherlich spätestens nach 2 Tagen melden.

Doch die Tage vergingen und mein Ego fing an zu leiden, da ich dachte, er würde sich nicht mehr melden. In jeder schwarzhaarigen männlichen Person, die mir auf der Straße begegnete oder die ich von Ferne sah, vermutete ich seine Gestalt.

Nachdem ich ihn schon abgeschrieben hatte, kam endlich der Anruf. Zwei Wochen hat sich dieser Kerl Zeit gelassen! Als ich seine Stimme hörte, wurde ich ganz leise vor Aufregung. Wie im Traum hörte ich ihn den Treffpunkt sagen, den er mir mit seiner leicht heiseren Stimme durchgab.

Also begann das, was kommen sollte:

Treffpunkt war ein kleines Kaffeehaus im siebenten Wiener Gemeindebezirk. Ich fieberte zu diesem Tag hin und wollte besonders hübsch sein, doch meistens, wenn man etwas will, gelingt es nicht und so auch mir. Gerade rechtzeitig hatte ich Pickel bekommen, was ich nicht so toll fand. Ich wollte mich besonders schick anziehen, doch ich fand nicht die geeignete Bekleidung und gerade an diesem Tag war es besonders kalt. Ich war ja so aufgeregt!! Eilig lief ich zur Autobushaltestelle. Doch vorher kam noch – wie aus heiterem Himmel - ein schlimmer Schneesturm, der mir meine, mit Haarspray gestylten Haare, so verklebte, dass sie zu Berge standen. Doch es kam Gott sei Dank schnell der Bus. Im Busfenster sah ich die Bescherung und richtete meine Haare so gut es ging.

Aufgeregt sah ich beim Busfenster hinaus und – wie verabredet – stand er schon bei der ausgemachten

Haltestelle und wartete. Unsicher stieg ich aus und wir begrüßten uns.

Zufällig war das kleine Kaffeehaus in der Nähe der Haltestelle. Es war sehr alt, ein bisschen vergammelt und das Hinterzimmer hatte Rotlichtbeleuchtung und eine Musikbox. Es waren keine weiteren Personen in diesem Raum, was uns beiden nur Recht war. Wir nahmen Platz und die Bedienung, eine ältere Dame, fragte uns nach unseren Wünschen. Er bestellte Kaffee und ich sofort ein Glas Rotwein, um meine Anfangshemmungen zu überwinden. An und für sich bin ich ein sehr aufgeschlossener, ungehemmter Mensch, doch an diesem Tag war ich so gehemmt, dass ich nicht einmal meine eigene Stimme kannte. Sie klang rau und unsicher. Gott sei Dank war er der deutschen Sprache nicht so mächtig, als dass er erkennen konnte, wie gehemmt ich war. Im Hintergrund spielte leise Musik und sofort begann er damit, mir Komplimente zu machen. Als er dann meine Hand in die seine nahm, begann ich zu schwitzen. Wir blickten uns in die Augen und ich spürte ein Prickeln in meinen ganzen Körper. Es war diese erotische Anziehungskraft, die mich neugierig auf ihn machte.

Als er mich küsste, ließ ich es ohne Gegenwehr zu. Ich wollte, dass dieser Zustand noch einige Zeit anhielt, doch noch war es nicht so weit. Ich erfuhr, dass er Student sei. Er lebte vorher in Genf, dann anschließend in Deutschland und letztendlich auf Umwegen kam er nach Österreich. Er erzählte, dass seine Heimat Nordafrika sei und er einige Brüder hatte. Ich hatte in meinem Leben noch nie einen Nordafrikaner gekannt und somit war ich auch nicht mit den Gebräuchen und Sitten dieses Landes vertraut. Dass er einige Jahre jünger als ich war, konnte ich schon anfangs erkennen, doch fast 12 Jahre jünger, na ja! Auch meine Mutter war 25 Jahre lang mit einem 11 Jahre jüngeren Mann verheiratet und es wurde mir ich gewisser Weise vorgelebt. Leider verstarb sie.

Doch kurz bevor sie starb, hatte ich noch ein letztes Telefonat mit ihr. Ich erzählte ihr, dass ich diesen Mann kennen gelernt hatte und er so viel jünger sei als ich. Sie sagte mir damals wortgetreu: „Nimm ihn dir und lasse ihn nicht mehr aus!"!!!!

Ich nahm mir trotzdem vor, kein ernstes Verhältnis mit diesem Mann zu beginnen. Demi bemerkte meine Zurückhaltung, wenn ich auf das Alter von uns beiden hinwies. Doch er versicherte mir ernsthaft, dass das Alter nicht ausschlaggebend sei, sondern der Mensch! (Welch eine Ironie des Schicksals werde ich später erzählen).

Als er mich spätabends wieder zur Autobushaltestelle begleitete, kamen wir bei einigen geöffneten Haustoren vorbei. Wie Teenager küssten wir uns in den Gängen der Häuser, was einige Beherrschung kostete, um nicht aufs Ganze zu gehen. Total verwirrt fuhr ich anschließend nach Hause. Mir brannten meine Lippen von seinen Küssen und meine Haut war trotz der Kälte so heiß, als hätte ich Fieber. Als ich mich ins Bett legte, konnte ich lange nicht einschlafen.

Die Tage und das Warten auf einen weiteren Anruf waren sehr stressige Tage, doch ich musste schließlich auch noch anderen Verpflichtungen nachgehen. Ob es Absicht war, mich warten zu lassen? Doch dann kam der Tag und wir trafen uns wieder, was sich zur Regelmäßigkeit entwickelte.

DEMI wurde erfinderisch, denn, da er selbst noch keine eigene Wohnung hatte, arrangierte z. B. einmal die Wohnung eines Freundes.

Der Tag kam und ich war sehr aufgeregt zu dem Treffpunkt und zu der angegebenen Adresse unterwegs. Als ich läutete, öffnete ein sehr gepflegter, hübscher, afrikanischer junger Mann die Türe und ließ mich ein. Er meinte in gebrochenem Deutsch, dass Demi gleich kommen werde und fügte geheimnisvoll hinzu, dass ich auf mich aufpassen solle, doch was dies bedeuten solle, wusste ich nicht. Ich hatte ein eher mulmiges Gefühl. Doch schnell verwarf ich dieses Gefühl und dachte, er könne neidisch sein, da er selbst keine Freundin hatte und Demi schon.

Kurze Zeit später läutete es an der Türe und Demi stolperte abgehetzt bei der Türe herein. Ich war froh, ihn zu sehen und erwähnte kein Wort, was sein Freund zu mir gesagt hatte. Er schwitzte leicht und sein Freund verließ wie auf Kommando die Wohnung. Das Zimmer war orientalisch eingerichtet, was auf mich sehr exotisch und erotisch wirkte. Fremdländische kleine verzierte Lampen und ein großer orientalischer Teppich zierten die kleine Wohnung. Kleine Kerzen mit kunstvoll verzierten Untertassen an einem kleinen, mit Teppich unterlegtem, Tisch, brannten wie mein Herz. Wieder sahen wir uns an und ich wusste, was nun geschehen würde und auch, dass ich mich nicht wehren würde. In dieser Situation ein Gespräch zu beginnen, hätte die Stimmung kaputtgemacht, da ich seine Aussprache nicht so gut verstand. Unsere Augen sprachen genug. Obwohl er so schüchtern aussah, war er es nicht. Er begann mich ganz zart und vorsichtig zu küssen und zu streicheln und wurde immer temperamentvoller. Geschickt zog er zwischendurch seine Überhose aus. Das was ich sah, verursachte mir einen derartigen Lach reiz, so dass ich Mühe hatte, nicht lauthals heraus zu lachen. Er hatte eine lange Unterhose an!!! Wenn es nur das gewesen wäre, doch seine lange Unterhose hatte in Knie Höhe ein Riesenloch. Noch starrend auf das Riesenloch, gab der Holzfußboden unter seinen Beinen einen eigenartig knarrenden Laut von sich, das einer Blähung gleich klang. Ich hatte Mühe, das Lachen zurück zu halten. Er jedoch war sehr ernsthaft ließ sich überhaupt nicht irritieren, es schien, als bekäme er diese Situation gar nicht mit. Als er dann seine Unterhose auszog, verging mir schlagartig der Lach Reiz. Ich starrte wie hypnotisiert auf sein sehr gut ausgestattet Teilchen. Irgendwie schien etwas anders, aber was war es? Ich hatte ein solches Ding noch nie vorher in meinem Leben gesehen. Ich registrierte dass etwas fehlt, aber dass er beschnitten war, erfuhr ich erst einige Zeit später. Ich hatte ja niemals zuvor in meinem Leben einen beschnittenen Mann gesehen. Später bemerkte ich noch hocherfreut, dass an diesem Ding keinerlei unangenehmen Gerüche hafteten.

Demi nahm mich und legte mich zart auf das Bett. Dort zog er geschickt meinen Rock, meinen Pullover und den Rest aus. Ich ließ es mit klopfendem Herzen geschehen. Nun ist es soweit! Von diesem Zeitpunkt an schoss ein Temperament in seinen Körper, das wie eine Bombe einschlug. Ich vergaß in diesem Augenblick die ganze Umgebung wir liebten uns leidenschaftlich.

2 Wochen später, die mir sehr lange vorkamen, trafen wir uns am Abend in der Universität, an der er studierte. Wir küssten uns schon beim Eingang. Ich wunderte mich noch, warum wir uns gerade dort trafen. Eventuell, dass er sich bei den jungen Studenten mit mir wichtig machen wolle, da es doch „hip" sei, mit einer älteren Frau ein Verhältnis zu haben? Um diese Zeit waren jedoch die meisten Studenten schon außer Haus, was er sicherlich

beabsichtigt hatte. Er wollte mich in einer stillen Ecke lieben, weil er noch keine eigene Wohnung hatte. Jedoch nach langer Suche für einen günstigen Platz zum Lieben, war der einzige ungestörte Platz: Der Weg in die Toilette! Wir waren beide sehr aufgeregt und so schlichen wir uns in die Toilette in die oberste Etage. Es war ein bisschen kompliziert, da der Platz nur für eine Person reichte, doch es reichte aus. Es war ein zusätzlicher Reiz des Verbotenen und sehr aufregend, da man sich still verhalten musste, um Verbotenes zu tun! Die Stimme einer männlichen Person machte dem Ganzen ein Ende und die Situation artete eher in eine Peinlichkeit aus.

Einmal organisierte er ein Treffen mit einem Freund, der aus seiner Heimat in einem Hotel in der Innenstadt wohnte. Natürlich ahnte ich, dass er mit seinem Freund schon vorher besprochen hatte, dass er uns ein wenig später alleine lassen würde, um uns Gelegenheit zum Lieben zu geben. Solche Treffen waren für mich zur Tagesordnung geworden und ich habe mich daran gewöhnt, in allen Situationen, bei jeder Gelegenheit und in jeder Stellung mir ihm Liebe zu machen. Ich fand es romantisch, schön, aufregend und erotisch. Wir taten es in einem Haustor, im Wasser, in einer Badekabine im öffentlichen Bad. Die Ideen schienen nie auszugehen. Ich wollte ihn damals aber noch nicht in meine Wohnung mitnehmen. Langsam wurde es für Demi anstrengend, Plätze zu organisieren. Durch Zufall bekam er dann einen freien Raum in einer Wohngemeinschaft mit fünf weiteren Mitbewohnern. Da er neben seinem Studium immer Jobs hatte, unter anderem als begabter Musiker, konnte er sich diese Wohnung leisten und mich hin und wieder auf eine Tasse Kaffee oder ein kleines Essen einladen. Ich bemerkte, dass es ihm Freude bereitete, wenn er mich einladen konnte. Die Wohnung war im vierten Stock eines alten Mietzinshauses.

Als ich ihm das erste Mal nach Büroschluss Besuch abstattete, musste ich erstmals vier Stöcke! ohne Aufzug! die Treppen hochgehen. Das war so anstrengend und ich kam derart außer Atem, dass ich einem Kreislaufkollaps nahe war. Oben angelangt, brauchte ich einige Minuten zur Erholung. Ein Mitbewohner öffnete mir die Türe und ließ mich eintreten. Gott sei Dank gab es im Vorraum einen Stuhl, den ich gleich konsumierte.

Im Inneren dachte ich mir: „Was nehme ich doch alles auf mich, diesen Mann zu sehen?" An diesem Tag kam er 20 Minuten später und das war gut so, denn ich hatte genug Zeit, wieder zu Atem zu kommen. So wie immer, kam er abgehetzt und er tat mir ein bisschen leid. Er führte mich zu seinem Zimmer, das aus einem Raum bestand.

Als ich den Raum betrat, bekam ich den Schock meines Lebens. Ich hatte noch nie in meinem Leben zuvor eine derart ärmliche Behausung gesehen! Mein Gott, dachte ich, wie arm er doch war! Ihm hingegen schien es überhaupt nicht zu stören. Ich registrierte eine Matratze am Boden, darauf eine alte Decke und ein zerrissenes Leintuch am Fenster, die die Vorhänge ersetzen sollten. Es war doch Winter und so entsetzlich kalt! Geschickt machte er in dem kleinen Holzofen das Feuer an. Anschließend bot er mir heißen Tee an!

Mein Gott, er hatte ja selbst nichts, ich hatte wirklich ein sehr schlechtes Gewissen! Doch ich nahm – trotz schlechtem Gewissen - den Tee an. Später als er mich in den Arm nahm, spürten wir beide keine Kälte und wir liebten uns. Anschießend plauderten wir noch und tollten ein bisschen herum, bis ich auf seinen Bauch zu sitzen kam. Da sah er mich auf einmal sehr eigenartig und zugleich verliebt an und sprach wortwörtlich zu mir: „Jetzt bist du meine Frau, denn ich bin ein Araber". Ich werde diese Worte niemals vergessen.

Ich erschrak zutiefst, nahm das auch sehr ernst, denn von Arabern hatte ich nicht viel Ahnung. Ich hatte mich noch nie damit beschäftigt, wohl aber schon Dinge darüber gehört, die jedoch meistens negativ waren. Mein Herz klopfte und ich spürte ein wenig Angst. Diese verflog wieder, als er mich mit seinen schönen schwarzen Augen anlachte und dabei seine strahlend weißen Zähne blitzen ließ.

Von nun an bekam ich sehr viel Erotik und Sex, und ich denke auch eine gewisse Art von Liebe. Er schien niemals schlaff zu machen und er schien niemals genug von mir zu bekommen. Ich hatte in dieser kurzen Zeit öfters mit Demi geschlafen als in all meinen Beziehungen zusammen vorher. Ich dachte vorher nicht im Traume daran, dass ich so einen temperamentvollen Mann ertragen könnte - und doch war es so. Wir schienen wie geschaffen für einander und es wurde langsam eine Beziehung daraus. Gefühlsmäßig könnte ich es so definieren: Eine Art Mitleid, gemischt mit erotischer Anziehungskraft und sich doch wie Liebe anspürt. War das Liebe? Ich wusste es nicht! Ich hatte sie bisher noch nie erfahren,

Nach einiger Zeit fand er endlich eine eigene Mietwohnung, mit ordentlicher Heizung. und Warmwasser. Ich beobachtete, dass er sogar kochen konnte. Auch wusch er sich seine Wäsche selbst und überhaupt war er (zu diesem Zeitpunkt) ein sehr fleißiger Mann.

Mit der Zeit jedoch, war ich öfters in seiner Wohnung anwesend, als bei mir zu Hause. Obwohl seine Wohnung nicht den Komfort wie meine Wohnung hatte, fühlte ich mich dort wohl.

Im Winter wurde es für mich dann zu mühsam, mit den öffentlichen Verkehrsmitteln in seine Wohnung zu gelangen. Es war ja so bitter kalt! Mir war bei der Anreise zu seiner Wohnung so kalt, dass ich sogar aus diesem Grund die Absicht hatte, die Beziehung zu beenden. Irgendwie schien er es zu spüren und es ergab sich einige Monate später, dass er öfters einige Nächte in meiner

Wohnung verbrachte. Da er nun auch schon ein Auto besaß, war es für ihn auch leichter in meine Wohnung zu gelangen.

Inzwischen wusste ich natürlich schon, dass er Moslem war. Ich hatte mich noch nie in meinem Leben zuvor damit befasst, welche Funktion und Bedeutung der Islam hatte. Auch heute nehme ich es nicht so wichtig, denn ich denke, dass alle Menschen an den gleichen Gott glauben, nur jede Kultur hat einen eigenen Namen für ihren Gott. Außerdem soll jeder glauben an wem oder an was er will!

Im Laufe der Zeit bemerkte ich diese besondere Sauberkeit seines Körpers. So wird jedes Mal, wenn die Toilette benützt wird, der entsprechende Teil gewaschen, was ich für äußerst hygienisch und angenehm empfand.

Ich lernte seine Feiertage kennen, wie z.B. den Fastenmonat Ramadan (der meist ein Monat lang andauert) sowie anschließendes Schlachtenfest usw.

Doch "meine" Weihnachten bedeuteten nichts für ihn, anerkannte es jedoch, zumindest tat er so, als ob.

An den Geburtstagen wird zum Essen geladen, aber es gibt keine Geschenke, was ich sehr praktisch fand.

Gemeinsamer Haushalt

JA! Gemeinsamer Haushalt, ich die Arbeit und er RELAX pur!!!!

Nachdem Demi immer öfters bei mir zu Hause schlief, wir beide uns gut vertrugen, begann sich diese Art Beziehung zu festigen. So versuchte ich geduldig, Demi ein wenig Heimat in meine Wohnung zu bringen. Kabelfernsehen wurde abgeschafft, um mir angeblich die monatlichen Gebühren zu ersparen. Es wurde durch eine Satellitenanlage ersetzt, die alle arabischen Sender fast rund um die Uhr sendeten. Davon achtzig Prozent arabische Musik, die seinen Ohren gut tat, nicht jedoch den meinen. Ich fand z. B. die arabische klassische Musik für meine Ohren fürchterlich anstrengend. Es klang für mich, als würden lauter falsche Töne gesungen. Doch es gibt in der arabischen Musik Halbtöne, und das waren meine Ohren nicht gewohnt. Ich tolerierte es und hörte deshalb in seiner Anwesenheit nur mehr arabische Musik. Wenn ich dann einmal alleine zu Hause war, hörte ich das, was mir gefiel. Dies blieb die ganzen Jahre unverändert.

Mit der Zeit lernte ich viele der Spezialitäten seines Landes, z.B. Couscous, zu kochen. Es gibt in der orientalischen Küche sehr schmackhafte Gerichte, die sehr viel Gemüse beinhalten und sehr gesund sind. Irgendwie war es schön und soweit schien alles friedlich zu verlaufen.

Ich erfuhr, dass er absolut kein Schweinefleisch aß. Schweine seien Allesfresser und aus diesem Grunde ihr Fleisch nicht gesund. Zusätzlich nehme es viele Keime in sich auf. Schaffleisch sei deshalb viel gesünder, da Schafe nur Grünfutter fressen. Ich kaufte deshalb meistens Schaffleisch und Hühnchen, die islamisch geschlachtet waren, dass bedeutet, die Tiere mussten ausgeblutet sein. Es gibt und gab da so spezielle orientalische Stände an Märkten, wo man das immer kaufen konnte. Es gab immer Fladenbrot, dass er besonders liebte und ich inzwischen auch. Ich tolerierte alles! Ich erfuhr, dass ein Moslem 5-mal, und zwar in Richtung Mekka, am Tag betet. Ich hatte Demi jedoch während unserer 20-Jahre andauernden Beziehung kein einziges Mal „beten" gesehen oder gehört. Allerdings ging er öfters in eine Moschee wegen der Kommunikation oder an seinen Feiertagen.

Ich tolerierte es und freute mich für ihn, dass es derartige Einrichtungen gab!

Den Fastenmonat Ramadan hielt er „immer" fast sündenlos ein.

In den Fastentagen des Ramadan aß und trank er ab Sonnenaufgang nichts mehr. Ein guter Moslem ist beschnitten, glatt rasiert, auch an den Stellen, die man nicht sieht. Ein guter Moslem trinkt keinen Alkohol, übrigens Alkohol ist zur Zeit des Ramadan sowieso strengstens verboten. Ich tolerierte es!

Im Monat des Ramadan sah DEMI meistens sehr blass und etwas ungepflegt aus. In diesem Monat nahm er ein paar Kilogramm an Körpergewicht ab, das sich aber nach der Fastenzeit wieder verdoppelte. Nachdem Demi inzwischen berufstätig war, musste er sich natürlich am Morgen die Zähne reinigen. Doch musste er aufpassen, dass er kein Wasser verschluckt, das wäre z. B. schon ein Fastenbrechen gewesen. Wenn man nicht verheiratet ist, darf man während der ganzen Fastenzeit keinen Sex ausüben, das wäre eine große Sünde. Wir hatten uns jedoch zeitweise nicht so genau daran gehalten (deshalb „fast sündenlos"). Erst als unsere Beziehung schon dem Ende zuging, fastete er „sündenlos". Erst nach Sonnenuntergang durfte man zu Essen beginnen. Dann durfte man so lange essen und zwar bis vor den nächsten Sonnenaufgang. Ich kochte täglich - das ganze Fastenmonat lang - orientalische Speisen, damit er seine Religion ausleben konnte. Es war für mich, als berufstätige Frau, eine wirklich sehr anstrengende Angelegenheit.

Bevor man mit der Hauptmahlzeit beginnt, sollte man vorschriftsmäßig mit ein oder zwei Datteln beginnen und etwas Milch dazu trinken. Ich hatte auch die Datteln gegessen, aber nicht weil ich fastete, sondern weil ich Datteln liebe.

Ach ja, wer fastet überhaupt?

Menschen, die - wie es im Islam vorgeschrieben ist - keine gesundheitliche Schäden haben, sind zum Fasten aufgerufen. Deshalb brauchen Kranke, Altersschwache, Schwangere, stillende Mütter, Frauen in der

Menstruation, Personen, die chronisch krank sind oder alte gebrechliche Menschen, nicht fasten.

Nie hat er jedoch verlangt, dass auch ich die Fastenzeit einhalte. So tolerierten wir gegenseitig unsere Religionen, ich mehr seine Religion, er weniger meine Religion, da er doch davon überzeugt war, dass seine Religion die einzig wahre war.

Im Ramadan werden - vergleichbar unserer Weihnachten - Glückwünsche ausgetauscht.

Nach dem Fastenmonat Ramadan beginnt ein Fest, das drei Tage andauert (das sich „kleines Fest) nennt.

Dann werden traditionell alle Verwandten besucht. Unter anderem kann man bei dieser Gelegenheit schon mal die Zeit dazu verwenden, um Bräute zu suchen oder deren Familie vorher kennen zu lernen.

Nachdem Demi ein Nachtmensch war und ich umgekehrt, hatte ich öfters Schlafstörungen, da mich die orientalische Musik oft bis in die Morgenstunden begleitete. Abgesehen davon, war er ein keiner "Chaot", der mir sogar bis in die Nacht meine ganze Wohnung vollräumte. Morgens, wenn ich diese Unordnung sah, hatte ich natürlich keine positive Ausstrahlung, eher die Ausstrahlung einer Furie.

Demi war besonders aktiv beschäftigt, hauptsächlich jedoch mit seinen Hobbies. Es gab da z. B. sein Dauerstudium, seine Musik oder seine Flugausbildung. Hinzu kamen die Flugstunden, dir er absolvieren musste, um den Flugschein zu behalten.

Sein Freundeskreis setzte sich aus Studienkollegen, Musikern und Piloten zusammen. Er verbrachte auch genug Zeit mit diesen.

Ich wusste natürlich aus Lebenserfahrung, dass er in einem Alter war, wo er sich "selbst finden" musste bzw. sich „verwirklichen" wollte. Ich ließ ihn tun und machen! Ich hatte diese „Verwirklichungsphasen" schon durchlebt! Ich war ja älter als er! Manchmal ärgerte ich mich auch, doch das hatte meistens andere Gründe. Nachdem er wirklich ein reizender, zart fühlender, sehr friedvoller Mann war, genoss ich dann die verbleibende Zeit, die wir beide zusammen verbrachten. In den ersten Jahren ging ich auch sehr oft (später nicht mehr) zu seinen Musikauftritten mit. Ich sah ihm sehr gerne zu, denn seine Gruppe war „erste Sahne". Er war mit seiner

Gruppe innerhalb von Österreich, Deutschland und der Slowakei und Ungarn unterwegs. Doch mit der Zeit war mir mein Schlaf wichtiger, da diese Veranstaltungen zumeist bis in die Morgenstunden andauerten. Außerdem wurden solche Musikveranstaltungen zumeist von orientalischen Gästen besucht. Man wurde zwar wirklich sehr freundlich begrüßt, aber dabei blieb es meistens. Jeder hatte doch seine eigene Familie von gleicher Herkunft mit. Ich war eben eine Außenseiterin in dieser Gesellschaft.

An musikfreien Wochenenden, wurde die Bühne gegen diverse Flugplätze eingetauscht. Dort mietete sich Demi oftmals ein kleines Flugzeug, z. B. Cessna 150 oder Cessna 182. So machten wir Kurzflüge und Demi war der Pilot. Er flog sehr sicher und gut. Ich genoss in auch diese Tage.

Zu Hause dann: orientalische Musik, arabische Filme, Flugfilme und Flugsimulator, also alles auf Demi ausgerichtet. Oft waren wir auf Flugmessen, z.B. in Friedrichshafen in Deutschland. Es war eben sein Hobby, nicht meines. UND – es kostete viel Geld. Es war interessant, doch wie es im Leben ist, alles was zu viel ist, verliert seinen Reiz, zumindest für mich. Ich bekam keine Luft mehr!!!!! Ich fühlte mich eingeengt!!!!"

Natürlich machten wir hier und da zusätzlich kleine Wochenendreisen, z. B. Türkei oder Deutschland, wo mich Demi sehr verwöhnte.

Deshalb kann ich aus Erfahrung berichten, dass Demi „der Mann war", mit dem man Urlaub genießen konnte und der den Urlaub auch noch gerne bezahlt hatte.

So plätscherte die Zeit dahin.

Nach Demis Studium, bekam er die österreichische Staatsbürgerschaft und wurde auch nachträglich zum Bundesheer eingezogen. Nachdem er Akademiker und auch schon älter war, bereitete ihm das Bundesheer keine Probleme und er genoss einige Vorteile, wie z. B. als Heimschläfer usw. Die Zeit des Bundesheeres verflog sehr schnell.

Demi fuhr zwei bis dreimal im Jahr in seine Heimat, um seine Familie zu besuchen, wo er manchmal einige Wochen blieb. Deshalb war ich es gewohnt, länger mal allein zu sein. Irgendwie verspürte ich immer ein befreiendes Gefühl, wenn er mal wieder in seine Heimat fuhr, doch ich freute mich auch zu diesem Zeitpunkt, wenn er wieder kam.

Ich kann mich erinnern, als Demi mir ziemlich zu Beginn unserer Beziehung einen Heiratsantrag machte, nahm ich diesen nicht an, weil ich Angst hatte.

Nachdem ich sowieso keinen Ehemann mehr haben wollte, war heiraten für mich nie ein Thema – und in der Zeit mit Demi - hatte meine Vernunft immer die Oberhand. Irgendwie (dachte ich) waren wir ja doch zwei verschiedene Welten. In gewisser Hinsicht war ich auch immer misstrauisch und dachte: Wer weiß, vielleicht würde er sich dann ändern, wenn wir verheiratet wären? UND – der Sex passte sowieso.

Seine Kultur ist eine ganz andere als meine und zusätzlich war ich doch fast 12 Jahre älter als er! Wie sollte so etwas denn lange funktionieren?

Natürlich dachte ich schon von Beginn unserer Beziehung daran, dass er sich früher der später einmal Kinder wünschen wird, die ich ihn nicht mehr schenken konnte.

Ich nahm mir deswegen vor, falls sich einmal diese Situation ergeben würde, dass ich ihm keine Probleme machen und ihm gehen lassen werde.

In den ersten 8 Jahren unserer Beziehung fuhr ich regelmäßig mit ihm in seine Heimat und wurde dort immer sehr freundlich aufgenommen. Immerhin kommt Demi aus einer sehr guten, kultivierten, Familie.

Seine Eltern wohnen in einem Haus direkt am Strand und die Lage des Grundstückes liegt in einer Nobelgegend, nahe einer Ausgrabungsstätte. Alle seine Brüder haben einen angesehenen Beruf.

Übrigens: Seine Familie ist in seiner Heimat sehr bekannt. Es gibt sogar zu Ehren eine Straße, die nach dieser Familie benannt ist und es gibt auch ein Spital, das nach diesem Familiennamen getauft wurde. Es gibt ein Museum zu Ehren des Großvaters der Familie, der viel für dieses Land getan hatte. Traditionell gibt es und gab sehr viele Ärzte in dieser Familie.

Nachdem wir immer in den Sommermonaten fuhren, bemerkte ich in seiner Heimat Hochzeiten am laufenden Band. Auch ich durfte bei einer Hochzeit anwesend sein, was für mich interessant und verwunderlich war. So eine

Hochzeitsfeier gleicht dort einer Königskrönung. Die Braut, geschminkt bis zur Unkenntlichkeit, mit Henna bemalt, das prunkvolle Kleid, der Thron, auf dem sie und ihr Bräutigam saßen, beeindruckend! Der Bräutigam hatte sein Haar so stark geölt, dass es in der Sonne blendete. Das Brautpaar wurde lauthals gefeiert und das drei Tage lang. Es folgten wilde Tänze und überaus laute, zumeist das Mikrofon übersteuerte, ohrenbetäubende Musik. Es war – für mich – ganz einfach etwas fremdes, wildes, sehr faszinierendes Ereignis.

Doch ich konnte mir damals nicht vorstellen, dass ich jemals dort für immer leben könnte. Diese unerträgliche Hitze, in der man fast gar nicht schlafen konnte, die Menschen, die durch diese Hitze überdreht sind.

Drei mal täglich ruft der Muezzin, der von der Moschee über Lautsprecher betete. Diese Gebete wurden täglich im Fernseher übertragen. Irgendwie schön und irgendwie fremd. Das Großfamilienleben, wo täglich andere Cousinen und Tanten auftauchten, die sich mit ihren überaus lauten, rauen Stimmen, überschlugen. Ich dachte schon, das ganze Land ist verwandt miteinander. Diese

Kinder, die zwar lieb aussehen, jedoch sehr laut sind und alles tun dürfen. Sie werden vergöttert. UND - diese unfassbare Unordnung, die diese Menschen in kürzester Zeit verursachen können, das ist wirklich bewundernswert.

In den ersten Jahren unserer Beziehung machte sein sehr charmanter Vater öfters Andeutungen, ob wir denn heiraten würden, doch ob er das wirklich ernst gemeint hatte? In jedem Fall hatte ich Ehrfurcht davor und wollte kein Risiko eingehen. Irgendwie hatte ich trotz allem den Eindruck, dass mich Demis Verwandten und Bekannten nur als seine „derzeitige Geliebte" betrachteten. Doch egal, was sie von mir denken würden, zu diesem Zeitpunkt wurde ich verwöhnt und die Urlaube kosteten mich rein gar nichts, also warum meckern?

Mit den Jahren hörte ich jedoch auf, mit ihm mitzufahren, da mir diese „Freundlichkeit" nicht echt vorkam und irgendwie fühlte mich kritisch beobachtet.

Nach einigen Jahren wurde sein Vater wurde sehr krank, was Demi nervlich sehr belastete, denn der Vater ist in solchen Ländern eine sehr ehrenwerte Figur.

Zu diesem Zeitpunkt spürte ich sehr stark in meinem Herzen, dass sich etwas verändern würde und ich dachte sogar, dass ab diesem Zeitpunkt der Rest der Familie Demi zu drängen begann, endlich eine Familie zu gründen.

Die Zeit war reif, dir Zeit scheint gekommen zu sein!"

Nach all den Jahren mit Demi hat sich natürlich unsere Beziehung schon gefestigt. Die Art von Zuneigung zu ihm war eine sehr stille Zuneigung zu einem Mann und zugleich zu einem Kind. Nach all diesen Jahren des miteinander Lebens ergänzten wir uns natürlich auf einigen Gebieten. Unsere beiden Verhaltensweisen standen in keinem negativen Zusammenhang mit irgendeiner Mentalität (dachte ich), doch sie begann sich langsam bemerkbar zu machen und einen Keil zwischen uns beiden zu drängen.

Gastfreundschaft und Trauerfall

Mir ist es nicht unbedingt lebenswichtig oder erforderlich, jedes freie Wochenende Besuch zu haben. Ich habe keinen Spaß dabei, wenn ich jedes Wochenende für andere Personen kochen, sie bedienen und dann auch noch nach ihnen putzen muss. Ich bin auch nicht bereit, regelmäßig mein schwer verdientes Geld für andere Personen auszugeben. Ich bin eben so!!!!! Ich gebe es lieber für meine engsten Familienangehörigen oder mich aus!!!!

Gott sei Dank merken meine Bekannten oder Verwandten, wie weit man meine Gastfreundschaft strapazieren kann. Schließlich fällt uns allen kein Gold von selbst in den Mund. Das hängt nicht mit Geiz zusammen, sondern man hat Taktgefühl und nimmt Rücksicht auf finanzielle Situation des Verwandten oder Bekannten.

In Demis Heimat ist es völlig anders. Dort ist es egal, ob man finanziell gut da steht oder sogar verschuldet ist. Man verlässt sich auf Allah. Man nimmt

Gastfreundschaft als selbstverständlich in Anspruch und bietet gerne Gastfreundschaft, es ist eine Art Pflicht, den Gast freundlich aufzunehmen und mit ihm sein letztes Essen zu teilen. Ich selbst hatte die Gastfreundschaft auch einige Jahre in Anspruch genommen, doch nur, weil ich wusste, dass Demi seine Familie zu diesem Zeitpunkt finanziell unterstützte. Anders wäre es mir unangenehm gewesen. Wenn wir in seiner Heimat waren, waren wir ohnehin täglich von vormittags bis spät in die Nacht bzw. bis in den frühen Morgen unterwegs. D. h., wir hatten meistens nur den Schlafplatz in Anspruch genommen hatten. Doch auch in diesem Fall hatte ich ein schlechtes Gewissen, einem anderen zur Last zu fallen. Ich hatte während unserer Urlaube in seiner Heimat beobachtet, dass alle seine Familienangehörigen während der Sommermonate in ihren Häusern bzw. Wohnungen den ganzen Sommer lang über Gäste hatten. Innerhalb der Familienangehörigen gab es daher zeitweise sogar keine Schlafplätze mehr. Es ging natürlich deshalb sehr turbulent zu.

Wieder zurück in Wien begann ich so nach und nach auch diese sogenannte Gastfreundschaft Demi zuliebe anzubieten, die in seiner Heimat sehr großgeschrieben wird.

So kamen mit der Zeit einige Besuche aus seiner Heimat.

Einmal seine Mutter mit jüngerem Bruder; dann jeweils zwei mal zwei Cousinen hintereinander (ich dachte damals, dass da doch schon mal eine Heiratskandidatin dabei war),   ein Ehepaar aus einem benachbarten Dorf, noch eine Cousine, die aber mit einem Arzt verheiratet war, ein Freund, ein anderer Freund, ein Cousin, der Lehrer ist, ein junges Ehepaar (Optiker), öfters sein jüngster Bruder, einmal der mittlere Bruder. Der älteste Bruder wohnte nie in meiner Wohnung, er kam nur, wenn Ärztekongress war, da er Chirurg ist. Er schlief lieber in den besten Hotels. Ich war bei jedem Besuch in Dauerstress, doch das wurde als selbstverständlich gesehen. Ich musste ja alles selbst machen, nicht so wie in seinem Land, dort gibt es unendlich viele Cousinen, Schwestern, Haushälterinnen, die alle bei der Hausarbeit und beim Kochen zusammen helfen.   Ich wollte dass nicht mehr, ich bemerkte, dass meine Wohnung dadurch zusätzliche Abnützungserscheinungen aufwies.

Einige Jahre später:

Ein Anruf: Sein lieber Vater verstarb nach langer Krankheit!

Wofür ich überhaupt kein Verständnis aufbrachte, war, dass man Demi erst verständigte, nachdem sein Vater schon verstorben war. Aber das scheint in diesem Land mit der Mentalität zusammenzuhängen. Es wird wohl fast alles gemacht oder arrangiert, doch im letzten Moment gerade noch! Demi war natürlich sehr gekränkt und geschockt.

Er nahm sich Blitzurlaub und flog am selben Tag sofort und auf Umwegen in seine Heimat. Ich hatte wirklich Mitleid mit ihm, konnte ihm aber doch nicht so richtig helfen und – ich dachte, er wollte gerade mein Mitleid nicht - das vermittelte er mir mindestens.

In diesem Land wird der Tote am selben Tag des Versterbens in Leintücher **gewickelt**.

In diesen Tüchern, also ohne Sarg, wird er dann ins Grab gelegt. Der Tote wird so gelegt, dass er nach Richtung Mekka liegt.

Es beginnt eine dreitätige Trauerzeit, in der die Angehörigen Beileidsbesuche abstatten können, Gebete sprechen und aus dem Koran lesen.

Beim moslemischen Begräbnis haben nur die männlichen Angehörigen das Privileg und Ehre, das Grab zuzuschaufeln.

Die Ehegattin und die anderen weiblichen Angehörigen dürfen erst danach im Morgengrauen – ohne männliche Anwesende - trauern.

Bis 40 Tage nach dem Tod sollten die engsten Verwandten eine dunkle Trauerkleidung tragen. Hochzeiten, aber auch andere Aktivitäten, wie der Besuch von Musik- und Tanzveranstaltungen sollten vermieden werden.

Ich weiß, Demi hielt alles ein. Er trug sogar den Ehering seines Vaters auf einer Kette um den Hals, als er von der Trauerfeier zurück kam. Das ein ganzes Jahr lang. Er trauerte wirklich, das habe ich miterlebt, er lachte nicht einmal. Wenn ich lachte, erntete ich einen verächtlichen Blick. Also lachte ich „im Keller" heimlich, um ihn nicht absichtlich zu ärgern. Es war sehr anstrengend. Nach 40 Tagen fuhr Demi wieder in seine Heimat, wo die

Trauerzeit mit Familienessen und Besuch des Grabes beendet wurde.

Ich denke ab diesem Zeitpunkt begann der Rest der Familie an Demi zu appellieren, dass er doch endlich Familie gründen sollte. Er wäre ja der einzige Sohn, der noch immer nicht verheiratet sei und Familie gegründet hätte.

Als Demi zurückkam, erkannte ich an ihm eine wesentliche Veränderung.

Ich vermutete auch, dass er zu diesem Zeitpunkt das Gefühl bekam, einiges nachzuholen, bevor er ernsthaft ein Ehebündnis eingehe.

Wenn er einmal Ehemann sein würde, würde er schon an die 50 Lenze zugehen und dann müsste er seiner moslemischen Frau treu bleiben.

Das Verhältnis

Das „Glück" oder die Zufriedenheit konnte natürlich nicht ewig anhalten. Auch die glücklichsten Menschen in einer Beziehung sind nicht immer zufrieden; manche wollen auch anderweitig begehrt werden. Das wollte Demi auch. Es könnte auch sein, dass er schon zu diesem Zeitpunkt versucht hatte, sich von mir in gewisser Weise zu distanzieren, damit es ihm später bei der realen Trennung nicht so weh tun würde. „Wie gesagt, vielleicht!"

Und so begann ein neuer Einschnitt in unsere Beziehung: Ich bemerkte, dass Demi nun öfters und länger unterwegs war, Rasierwasser benutzte und sich öfters im Spiegel kritisch begutachtete. Er hörte ganz verklärt Musik, die nicht orientalisch war! Es waren eher Schlager, die so gar nicht zu ihm passten. Manchmal roch ich an ihm eine feine Alkoholfahne. Ich kannte diese Anzeichen sehr gut, denn ich hatte die selben Anzeichen bei meinem damaligen Mann erlebt. Es wiederholt sich alles im Leben, das ist mir schon langsam langweilig! Diese Anzeichen sind immer die gleichen. Ich hatte mich noch NIE geirrt.

Demis Benehmen mir gegenüber war etwas ernster, zerstreuter und er konnte mir nicht mehr ehrlich in meine Augen sehen. Jedoch in sexueller Hinsicht bemerkte ich zu diesem Zeitpunkt noch nichts Negatives, nur, dass er liebevoller denn je war.

Er fand immer wieder allzu dumme Ausreden, wie er meiner Anwesenheit entkommen konnte. Ich wusste natürlich vom ersten Augenblick an, dass eine andere Frau im Spiel war!

Wenn ich so nachdenke, hatte ich im Großen und Ganzen sogar für eine derartige Situation Verständnis. „Kann ja mal passieren", bei Männern ist es eben so. Ich wollte nur nicht, dass er sich seine Launen an mir auslässt und mir weh tut, wie es die meistens Männer tun.

Doch derzeit war es noch nicht so weit. Er brachte mich aber in eine Nachdenkphase, wo ich mir doch tage- und nächtelang Gedanken darüber machte, wie es wohl sein würde, wenn ich ihn schon jetzt verlieren würde. Nach langem Überlegen erinnerte ich mich wieder, dass ich mir von Beginn unserer Beziehung an vorgenommen habe, ihn auf jeden Fall gehen zu lassen, sollte er die Frau seines Lebens finden. Er musste ja Familie gründen! Das war Fakt und das könnte er mit mir niemals praktizieren, da ich seit langem keine Kinder mehr bekommen konnte. Doch wenn ich alleine war, litt ich unter dieser „Ungewissheit", die mich fertig machte. Es wurde so schlimm, dass ich mich nicht mehr voll auf den täglichen Alltag konzentrieren konnte. Alles war auf ihn ausgerichtet. Doch mit den Wochen wurde mir alles zu viel und ich wollte mit aller Gewalt die Wahrheit wissen.

So kam es, wie es kommen sollte.

Es begann mit den allzu bekannten anonymen Anrufen. Manchmal, wenn er zu Hause war und zum Hörer des Festnetz Telefons griff, merkte ich an seinem ungeschickten Gehabe und an den Ausdruck in seinen Augen, dass ihm die Anrufe sehr unangenehm .

Kein Wunder, war ich doch die meiste Zeit anwesend und auch hellhörig. Er bewegte sich dabei Holzpuppe, die man mit Schnüren bewegte.

Einige male beobachtete ich ihn und als er in Sache Musik unterwegs war, nahm dich die Gelegenheit wahr, seine Sachen zu durchwühlen. Ich wäre keine Frau, wenn ich nicht begonnen hätte, die Gelegenheit seiner Abwesenheit zu nützen, um all seine Taschen zu durchstöbern. Nur deshalb wurde ich fündig.

Eine Telefonnummer und ein Name, der aus seinem Telefonbuch herausragte und ganz auffällig mit frischer Kugelschreiberfarbe. Neugierig und aufgeregt rief ich bei dieser Nummer an. Es meldete sich eine Frauenstimme, die sich ziemlich jung anhörte.

Und in diesem Augenblick fühlte ich es wieder, dieses Gefühl, dass sie es sein müsste!

Besser ausgedrückt: Weiblicher Instinkt. Anschließend begann ich in seinem Musikkoffer zu stöbern und wurde dort auch fündig. Unter allen abgebildeten Bauchtänzerinnen fand ich ein neues Foto mit drei Damen, die wie Bauchtanzschülerinnen aussahen. Dies erkannte ich deswegen, da ich öfters bei seinen Auftritten dabei war und zwischen Profis und Schülern unterscheiden konnte. Natürlich wusste ich auch, dass er öfters Auftritte in Bauchtanzschulen hatte. Es wurde dort nach der Live-Musik der Musikgruppe getanzt und gelehrt.

Nachdem ich die beiden blonden Damen aussortierte, da sie älter waren, nahm ich an, dass es jene wäre, nämlich die dunkelhaarige, eine erheblich jüngere Tanzschülerin.

Sonderbar, ich hatte mich auf dieses Gesicht sofort fixiert, was sich später auch als richtig erweisen sollte.

Wie gesagt, diese besagten Anrufe, sie kamen immer öfters. Mir fiel auf, dass er manchmal kurz nach diesen Anrufen eine fadenscheinige Ausrede erfand, die es ihm ermöglichen sollte, die Wohnung zu verlassen. Ich sah ihm an, dass er jedesmal im totalen seelischen Stress stand.

Eines Tages, als er wieder einmal nach einem Auftritt (sehr spät) nach Hause kam, ließ ich nicht locker und redete ihm so lange in sein Gewissen, dass er nicht mehr auskam. Nachdem ich ihn zusätzlich die Beweise zeigte, gab er es ENDLICH zu, dass er eine Affäre hatte.

In diesem Augenblick spürte ich einen Stoß in meinem Herzen, der einem Dolchstich gleichkam. Alle Gefühle spielten verrückt, wie ein Schock und natürlich war mein Stolz sehr verletzt. Anschießend bekam ich eine nie gekannte Wut. Ich hatte eine derartige Wut, dass ich handgreiflich wurde, was mir später wirklich sehr leid tat. Nach weiteren Schreikrämpfen drohte ich noch, seine von ihm über alles geliebte Geige beim Fenster hinunter zu schmeißen. Das wirkte sehr schnell! Wie konnte er nur, warum hatte er nur?

Er erzählte mir, dass er bereits mit dieser Frau die Affäre beendete, doch sie würde immer wieder Kontakt suchen. Es belaste ihm sehr und er wisse nicht mehr weiter, wie er aus dieser Situation herauskomme.

Und: Er bat mich wortwörtlich:

„Bitte hilf mir da heraus, ich will dich nicht verlieren!„ Waren diese Worte glaubwürdige Worte??!!!! Was fiel ihm denn da ein?

Doch seine traurige Mimik ließ ihm glaubwürdig erscheinen und er tat mir von ganzem Herzen leid!

„ JA", ich wollte ihm in dieser Situation helfen.

Ich hatte mir zu diesem Zeitpunkt noch selbst geschworen, wenn ich dieses Kapitel zu Ende geführt habe, lasse ich ihn fallen, wie eine heiße Kartoffel, er solle dann sehen, wo er bleibe.

So erfuhr ich die ganze Wahrheit. Es stellte sich heraus, dass sie eine Anfängerin im orientalischen Tanzclub war, die eben Interesse an ihn hatte. Um an ihn heranzukommen, mischte sie sich unter orientalische Musikgruppen, um so einen Tanzauftrag zu bekommen. Ich denke, wenn Demi nicht reagiert hätte, so hätte es wahrscheinlich ein anderer getan.

Dann machte sich die Süße unentbehrlich. Dass heißt, sie ging der Musikgruppe hilfreich zur Hand, indem sie für die ganze Gruppe Bühnenkleidung nähte. Es war die richtige Taktik für den Beginn der Affäre. Als gelernte Schneiderin war sie sehr geschickt und nähte für die ganze Musikgruppe die Bühnenkostüme kostenlos. Dazu mussten die Musiker zur Anprobe zu ihr nach Hause kommen. Favorit der Musiker war natürlich Demi, der besonders umsorgt wurde und sich als Hahn im Korb fühlte.

Demi musste natürlich öfters als alle anderen zur Kleideranprobe in ihre Wohnung kommen und brauchte daher immer Alibis bei mir.

Etwas schwarzer, süßer Tee, etwas Alkohol und orientalische Musik, erzielten dann diese gewisse

Wirkung. Nachdem sie überaus großes Verständnis für die orientalische Mentalität zeigte, bekam sie das, was sie wollte.

Und ganz ehrlich? welcher Mann sagt in einer solchen Situation noch NEIN?

Ich muss zugeben, in der heutigen Situation und meinen bisherigen Erfahrungen als Frau würde ich auch nicht NEIN sagen, wenn ich der Mann wäre.

Nachdem es Demi zu viel an seiner Freizeit kostete, wurde er von seiner Süßen doch zu sehr bedrängt. Sie hegte sogar den Wunsch, mit ihm und ihrer Tochter aus erster Ehe zusammen zu leben. Sie würde ihm zuliebe noch ein Kind bekommen, damit er Familie habe, wie es von seiner Familie gewünscht wurde. Da er diesen Druck nicht aushielt und auch für ein Fremdkind keinen Familienvater spielen wollte, glaubte ich ihm wirklich, dass er die Beziehung zu seiner Geliebten beendet wissen wollte.

Wie aber sollte ich ihm helfen? In jedem Fall war meine Neugierde geweckt.

Ich ließ mir diese Frau von ihm beschreiben, wie sie denn so aussähe. Er meinte nur, dass sie eben nur nett sei, sonst gar nichts, er könne sie mir ja vorstellen, wenn ich will.

Mit allem hatte ich gerechnet, nur nicht mit so einer Entscheidung.

Also nahm ich die Chance und allen Mut zusammen, endlich einmal eine Geliebte kennen zu lernen, ich wollte alles erfahren.

Er machte er ein Treffen mit seiner Geliebten aus, erzählte ihr jedoch, dass ich mitkomme, womit sie überraschenderweise einverstanden war.

Der Tag X kam und er hielt sein Versprechen. Also fuhren wir zum Wochenende mit seinem Auto in Richtung nördlich von Wien in eine etwas einsame Gegend, die ich nicht kannte.

Jetzt fiel mir ein, dass er öfters vom Lande geschwärmt hatte. Es verwunderte mich seinerzeit ein wenig, denn ich hatte selbst ein Haus nördlich Wiens, doch sein Interesse schien mir damals nicht allzu groß, dort die Wochenenden zu verbringen. Ich verwarf meine Gedanken, sonst würde wieder Ärger in mir hochkommen. Umso näher wir zum Wohnsitz seiner Geliebten kamen, desto mehr spürte ich Unruhe in mir aufkommen. Mein Herz klopfte so laut, dass ich dachte, er würde es hören. Ein schaler Geschmack auf meiner Zunge machte sich bemerkbar und ich spürte ein leichtes Magendrücken. Ich hatte ja in den letzten Tagen sehr viel geraucht und außerdem hatte ich noch nie in meinem Leben eine derartige Situation erlebt. Doch da musste ich durch! Ich war neugierig und gekränkt zugleich.

Knapp vor dem Wohnsitz seiner Geliebten, spürte ich, wie öfters in der letzten Zeit, einen ziehenden Schmerz in meinem Herzen, doch ich wollte alles durchstehen und mein Zustand wechselte in eine Art Trance. Ich sah Demis Gesicht und beobachtete ihn. Er selbst hatte ein Gesicht, wie ein Mensch, der gerade die größte Demütigung in seinem Leben erfuhr! Obwohl mir das Recht der Demütigung zugestanden wäre. En Gesicht, als hätte man IHM unrechtes getan. Ich würde den Ausdruck als äußerst unsympathisch definieren.

Als wir endlich bei der Wohnhausanlage ankamen, bemerkte ich aus den Augenwinkeln, dass er von einer jüngeren Frau wie ein alter Bekannter begrüßt wurde. Das war ein Beweis, dass er im Umkreis seiner Geliebten auch bekannt war. Auch erinnerte ich mich, dass ich einmal einen Einzelschlüssel in seiner Hose gefunden hatte, als ich sie waschen wollte. Er sah aus wie ein Haustorschlüssel. Auf die Frage, wem der Schlüssel gehöre, log er damals ganz ungeschickt. Er wisse es nicht, wahrscheinlich einem Freund (was mich damals natürlich auch schon misstrauisch gemacht hatte).

Angelangt an der Wohnungstüre, läutete er an und wieder merkte man an seiner Sicherheit, dass er schon öfters hier gewesen sein musste. Mir kam es sogar vor, als wäre er stolz darauf, oder doch nicht? Na ja auf jeden Fall wurde die Türe geöffnet und eine sehr kleine, zierliche, sympathische Frau, mit kurzen braunen Haaren erschien. Ihre, in schrillem Blau geschminkten, etwas tief liegenden Augen hatten einen freundlichen Ausdruck. Sie hatte kleine und schmalen Lippen. All das sah ich in den ersten Sekunden unserer Begegnung. Ich saugte die erste Erscheinung in mich hinein und inspizierte sie wie ein Adler, nichts konnte mir entgehen. Sie bat uns einzutreten. Neugierig sah ich ihr nach, als sie uns zum Wohnzimmer führte. Ich war sehr enttäuscht und ärgerlich. Was, mit dieser Frau hatte er mich betrogen? Ich hätte ihn eigentlich einen anderen Typ von Frau zugestanden, z. B. eine hübsche große Frau, mit eher hellerem Haar. Als er uns gegenseitig vorstellte, gewann ich sofort Oberhand und in diesem Augenblick spürte ich überhaupt keine Eifersucht mehr. Auch dann nicht, als ich erfuhr, dass sie 25 Jahre jung war. Komisch, das Gegenteil war der Fall (war ich verrückt?) Wenn sie hübscher gewesen wäre und etwas größer, wäre ich wahrscheinlich eifersüchtig gewesen, doch in diesem Fall verspürte ich eher einen Drang zum Lachen. Ich dachte mir: „ die hätte ich dir aber wirklich gegönnt!" Auf jeden Fall beobachtete ich beide nach wie vor sehr kritisch. Demi hatte an diesem Tag eine überaus nette und galante Art (was für eine Ironie). Ich beobachtete ihre Bewegungen, ihren Körper, ihren Gang und überhaupt ihr ganzes Gehabe. Sie war sehr zuvorkommend und nett. Ich bemerkte, dass sie ihren Unterkörper beim Gehen etwas nach vorne schob, was durch ihr flaches Hinterteil verursacht wurde und verkniff mir ein Lächeln. Na ja, bin ja auch nicht fehlerlos, aber eher gleichmäßig proportioniert – und – doppelt so alt!! Ich hatte schon auf Grund meines Alters kein Recht auf Kritik.

Aber - ich wäre keine Frau, wenn ich es nicht getan hätte. Und: Meine Überlegenheit wuchs und wuchs, nachdem ich diese kleinen "Mängel" bemerkte.

Eine Situation ließ dann doch noch Zorn in mir aufkommen, denn sie tat so wissend, als hätte ich mich mit Demi zu ihren Gunsten schon ausgesprochen.

Für einen kurzen Augenblick hegte ich Gedanken, dass ich die beiden ganz einfach allein zurücklassen wolle. Sie sollten glücklich werden und er sollte seine eigene Familie haben. Er sollte seine Familie ernähren müssen, sich in der einsamen Gegend einen Job suchen, jeden Tag nach der Arbeit sofort nach Hause kommen und dann hops hops unterwegs zum Einkaufen fahren. In diesem Augenblick wäre es mir wirklich eine Genugtuung gewesen, ihn in dieser Situation zu erleben

Nun ja, nun spielte ich die Rolle meines Lebens. Ich wusste vorher gar nicht, wie gut ich mich als Schauspielerin tat. Erfahren wie ich war, mein Alter dazu, konnte ich eben Probleme besser bewältigen. Zu diesem Zeitpunkt war ich doch immerhin 18 Jahre älter als seine Geliebte, doch hochprozentig selbstbewusst und kampfstark.

Zu Beginn war die Unterhaltung eher schleppend, formelle Auskünfte über Straßenverkehr und Wetter. Seine Geliebte und ich musterten uns immer wider gegenseitig. Sie beobachtete jede meiner Bewegungen und ich hatte es schon vorher getan. Sie versuchte wirklich nett zu sein, man kommt ja schließlich nicht alle Tage in eine solche verzwickte Situation. Sie sprach von arabischer Musik und von arabischen Tänzen, tat sehr einsichtsvoll, sie tat so, als verstünde sie die ganze orientalische Welt und auch deren Mentalität. Während sie sprach, registrierte ich aus den Augenwinkeln einige Musikinstrumente in der Diele, die ich als Demis Instrumente wieder erkannte. Sie erwähnte charmant, dass sie sich wie eine arabische Frau fühle und sich auch vorstellen könne, in seinem Land zu leben. Wir tranken Tee, ganz arabisch, der sehr gut schmeckte. Zwischendurch zeigte sie uns einen Bilderband, mit Fotos vom Ex-Mann und ihrer lieben Tochter. Weiteres erzählte sie detailgetreu von der schweren Geburt, bei der sie fast gestorben wäre, was auf einen arabischen Mann sehr viel Eindruck macht- Bei Demi bemerkt ich einen schmerzhaften Ausdruck, als würde er die Geburt live miterleben. Weiteres erzählte sie, dass sie schon einige Fehlgeburten hatte (wieder bemerkte ich bei Demi diesen schmerzhaften Ausdruck). Beim Besichtigen der Bilder dachte ich an Demi und ich konnte mir so richtig bildlich vorstellen, Demi mit einer Familie, zum Krummlachen! Die Zeit verging leider sehr schnell und dennoch war es ein herzlicher Abschied von dieser Frau. Als wir gingen hatte ich sogar Mitleid mit ihr. Doch jeder Mensch ist anders, denn sie hatte kein Mitleid mit mir! Obwohl es zu Hause noch ein Nachgespräch gab und er mir vergewisserte, sie nicht mehr sehen zu wollen, da es ihm so sehr belaste und er mich über alles liebe, kam es anders.

Wie gesagt: In Schauspielermimik vergewisserte er mir, dass er mich nicht verlieren wolle, er wisse aber nicht, was er tun solle und dass ich ihm helfen solle.

Es wurden mir aber noch zahlreiche Nächte geraubt, die ich mit Warten verbrachte. So kam er spät nach Hause, ohne nach Schweiß zu riechen, hatte fremdes Parfum an den Haaren. Redete mir ungeschickt ein, ein Freund hätte es ihn in seine Haare geschüttet. Er roch öfters nach Alkohol. Er wurde sehr unzuverlässig. Des Weiteren begannen wieder diese anonymen Anrufe. Es wiederholte sich alles. Oft schon, wenn ich vom Büro nach Hause kam, noch bevor Demi zu Hause war. Ich denke mal, das war damals pure Absicht. Als ich ihm erzählte, dass ich auf seine Geliebte tippte, da mich auch diese Anrufe ätzend nervten, tat er so, als schenke er mir keinen Glauben, so dass ich mich beleidigt fühlte. Er meinte nur mit seiner verlogenen Stimme, das sei ein Zufall, er habe mit ihr doch abgeschlossen. Weiteres meinte er, dass ich ihn nur absichtlich aufregen wolle, weil ich eifersüchtig sei. Doch komischerweise kamen auch am Abend Anrufe. Da ich meistens im selben Raum war, beobachtete ich, dass sich seine Pupillen erweiterten und er eine äußerst ungeschickte Ausdrucksfähigkeit beim Sprechen zeigte. Seine unbeholfene Art zeigte mir, dass es ein Anruf von seiner Geliebten war. Natürlich war es ihm sehr unangenehm, dass ich anwesend war, aber er selbst hatte doch erzählt, dass er Schluss gemacht habe, also was soll's? Na ja, dann kamen eben, wie üblich, weitere Ausreden, wie Panne mit dem Auto, Straßenbahn versäumt, Freund besucht (natürlich einen Freund, der am Land wohnt), Musikinstrument zu einem

Musiker bringen, Musiker abholen und so weiter und so weiter. Die ganze, breite Palette! Doch bemerkte ich in diesen Wochen, dass er sehr wohl mit dieser Situation überlastet war. Er wurde ganz einfach nicht fertig damit. Seine ihm angeborene extreme Bequemlichkeit und der wenige Schlaf, die Hin- und Rückfahrt von ihr zu mir hatten die Folge, dass er seine Freizeit (die er für sein Studium brauchte) total verlor. Trotz allem, alles hat seine Zeit und auch seine Beziehung. Was er aber nicht wusste und mir bis heute nicht geglaubt hat, ist, dass seine Geliebte (aus welchen Gründen immer) mich jedes Mal siegesbewusst verständigte und mir ironisch per Telefon erzählte, wann sie ihn erwartete oder wann er gerade (natürlich nach der Dusche) weggefahren war, sogar einmal während er sich duschte (was er später bestritt, meinte er hätte dort niemals geduscht). Ich muss ehrlich zugeben, dass mich diese Situation äußerst schwer belastete und ich zu diesem Zeitpunkt wirklich manchmal depressiv war. Doch nachdem ich eine starke Persönlichkeit bin, versuchte ich diese Demütigung ganz einfach beiseite zu legen. Ich tat mir viel Gutes und habe auch diese Situation bewältigt. Später nannte ich diese

Anrufe "Aufklärungsanrufe" und ich fing an meine Nebenbuhlerin zu studieren. Ich wollte trotz allem nicht in ihrer Situation sein. Doch an manchen Tagen hörte ich aus ihrer Stimme Gehässigkeit heraus, was mich dann wieder ärgerlich stimmte.

Hatte Selbstmitleid mit mir, wo ich doch wirklich die "Tolerante war". Zeitweise Natürlich hatte ich den Eindruck, dass sie auf mich eifersüchtig war und manchmal hörte ich in ihrer Stimme eine gewisse Traurigkeit. Natürlich hatte sie Angst, sie wollte einen Vater für ihr Kind und auch einen Mann, der sie später gut ernähren kann. Nun hatte sie Angst, alles zu verlieren, an eine Frau, die 18 Jahre älter als sie selbst war!!

Wer weiß, welche Hoffnungen Demi ihr gemacht hatte. Die ganze Wahrheit werde ich wohl niemals erfahren. In dieser Zeit, die Gott sei Dank nicht allzu lange andauerte, versuchte ich mich in seine Geliebte hinein zu versetzen und konnte mir sehr gut vorstellen, dass ihre Situation wesentlich schwerer sein musste als die meine.

Ein Rezept für die Bewältigung dieses unguten Zustandes?

Na ja, unruhige Nächte, Tobsuchtanfälle, ich hatte endgültig genug. Nach einigen - wieder durch gelittenen - Nächten stellte ich Demi zur Rede.

Ich machte ihm den Vorschlag, von der gemeinsamen Wohnung auszuziehen, um seine neue Liebe auszuleben. Ich hatte es satt, für nichts zu kämpfen.

Doch es kam alles anders.

Zu diesem Zeitpunkt bat er mich wiederholt nachsichtig zu sein und ihm zu helfen. Er habe ja schon die Beziehung beendet, doch seine Geliebte wolle es noch nicht wahrhaben. Wieder dasselbe ……

Könnte es sein, dass durch mein Angebot ihm freizugeben, seine Geliebte uninteressant geworden ist?

Doch es war noch nicht ausgestanden.

Als wieder die Anrufe seiner "Ex -Geliebten" kamen, glaubte ich ihm, denn unser Telefon hat den Vorteil des Mithörens per Lautsprecher.

So "durfte" ich an den Gesprächen als "Dritte" teilnehmen und mithören. Er selbst erlaubte es mir mitzuhören, damit ich ihm endlich Glauben schenken und den Beweis bekäme, dass er nicht lüge.

Die arme Frau litt sehr darunter, denn sie hatte sich wirklich in Demi verliebt. Bei einem der letzten Gespräche, wo ich mithören durfte, sagte Demi wörtlich: „Ich will, dass du mich nicht mehr anrufst, es ist vorbei, bitte lasse mich in Ruhe".

Seine Ex-Geliebte darauf weinend: "Ich weiß, dass du durch sie (sie meinte mich) beeinflusst wirst, sie ist doch so viel älter als du, du bist ein Waschlappen, du hast keinen eigenen Willen, machst alles was sie sagt!"

Diese Worte zu hören und in dieser Situation dazu fand ich entwürdigend. Doch irgendwie schien ich beruhigter zu sein, und wusste nun, dass Demi mir die Wahrheit gesagt hatte.

Letztendlich bot sie sich noch an, als Geliebte fungieren zu wollen, sie wäre damit auch einverstanden.

Ab diesem Zeitpunkt wollte ich derartige Gespräche nicht mehr mithören. Ehrlich gesagt, diese Telefonate haben an meinen Nerven gekratzt. Demis Ex-Geliebte hat mir sogar in diesen Augenblicken aufrichtig leid getan. Sie hatte sich erniedrigt, und dies für einen "dummen" Mann. Ich hätte Demi dafür erwürgen können, was er dieser armen Frau angetan hatte. Sie verlor nicht nur den zukünftigen Vater ihres Kindes, sondern auch den Kampf gegen eine 18 Jahre ältere Frau. Demi war ja ihr absoluter Traummann gewesen. Selbstverständlich habe ich auf Grund meines Alters den Vorteil, Dinge und Situationen besser einschätzen zu können, um damit besser zu handhaben. Ich muss aber auch zugeben, dass ich weiß, wann ich verloren habe.

Einige Wochen lang rief sie noch (angeblich aus reiner Freundschaft zu mir!) an, wobei auch ein Treffen zwischen seiner jetzt „Ex-Geliebten" und mir zustande kam.

Es war gerade zu dem Zeitpunkt, wo Demi in seiner Heimat auf Urlaub war. Sie wollte aus einem undefinierbaren Grund die Freundschaft zu mir. Es war verwunderlich, als ich einige Male vom Büro nach Hause kam, ein Zettel „mit lieben Grüßen" von ihr vor meiner Eingangstüre lag. Manchmal auch Blümchen!

Weiteres wunderte es mich, woher sie so genau meine Adresse wusste. Könnte es sein, dass sie Demi schon öfters mit ihrem Auto nach seinen Auftritten nach Hause gebracht hatte? Aus purer Neugierde ließ ich mich zu einem Treffen überreden.

Zuerst war ein Essen angesagt, wo wir beide uns gegenseitig über belanglose Dinge unterhielten. Anschließend besuchten wir eine Diskothek. Dort verloren wir keine guten Worte über Demi. An diesem Tag hatte ich sogar das Gefühl, wenn er hier wäre, würde ich ihm keines Blickes mehr würdigen.

Ich hatte die feste Absicht; sofort nach seiner Rückkehr, unsere Beziehung zu beenden.

Gerade an diesem Tag wurde ich oft zum Tanzen aufgefordert, was mir schmeichelte, denn ich war ja fast doppelt so alt wie Demis Ex-Geliebte. Dadurch bestätigt, flirtete ich noch ungeniert mit einem Bandmitglied, da an diesem Abend eine Live-Band spielte und genoss diesen Abend.

Nach der Disko trennten wir uns und versprachen uns, freundschaftlich in Kontakt zu bleiben, obwohl ich ahnte, dass es nur eine Zeit lang gut gehen konnte. Als ich einmal nach Büroschluss nach Hause kam, haftete nochmals ein Zettel an meiner Wohnungstür "mit lieben Grüßen E..." Einige Male kamen noch anonyme Anrufe. Ob diese Anrufe von Demis Ex waren, sei dahingestellt. Ich wollte nun endlich alles vergessen und forderte deswegen bei der Telefongesellschaft eine neue Telefonnummer an. Ein letztes Mal kam noch durch die Fernauskunft ein Gespräch, das ich nicht mehr annahm. Einmal, und zwar zu Demis Geburtstag, sandte sie durch eine Freundin eine Theaterkarte (natürlich keine für mich). Nachdem Demi in de Vorstellung besuchte, kam es dort zufällig zu einer "freundschaftlichen" Begegnung. Später bekam Demi nochmals eine Eintrittskarte für ein orientalisches Musikkonzert, die ihm ein Musikerfreund in meiner Gegenwart übergab. Es sollte so aussehen, als hätte er es von seinem Freund bekommen. Sein Musikkollege versprach sich jedoch und erzählte ganz frei, wer aller dort anwesend war. Da hörte ich heraus, dass seine Ex-Geliebte auch dabei sei.

Was Demi noch erzählte:

Z. B. dass seine Ex-Geliebte öfters bei seinen Musikauftritten anwesend war und mit anderen Männern vor ihm tanzte und flirtete. Was soll ich sagen? SCHADE? Er hat bis heute noch ihre Telefonnummer in seinem Kalender, aber was soll's. Es stört mich nicht mehr.

Und wie die Zeit Vergeht!

Inzwischen hatte ich auch genug Telefonnummern von anderen Männern in meinem Handy gespeichert. Einige lagen auch in meinem Bürokasten, doch deswegen hatte ich nicht gleich mit jedem Mann ein Verhältnis!

Im Grunde genommen, hatte ich dieser Frau einige glückliche oder zufriedene Jahre zu verdanken.

Denn, es herrschte anstatt eisige Kälte nun eine gewisse Vertrautheit zwischen uns.

Übrigens, ein Jahr später heiratete seine Ex-Geliebte einen anderen und hat inzwischen bereits ihr zweites Kind bekommen. Ich wünsche ihr das Glück, das sie lange gesucht hatte.

Jedoch Partnerschaften, egal in welcher Form, sind dazu da, um Probleme, Schicksalsschläge usw. gemeinsam zu bewältigen, sonst wäre es ja auch keine Beziehung oder Partnerschaft. Was ist eine Liebe ohne Krisen? Es gibt viele Motive, um fremd zu gehen, z.B. Neugierde nach etwas Neuem, der Reiz des Verbotenen, die Suche nach Selbstbestätigung, der Beweis noch begehrenswert zu sein, sexuelle Unzufriedenheit, oder eine "gute Gelegenheit" für einen One-Night-Stand.

Was soll das? Na fast jeder tut es doch einmal oder öfters, auch wenn es nur in Gedanken ist oder wenn man nicht gerne darüber spricht!

Studium Ende

Nach seinem Studium bekam er eine gute Stelle und verdiente ebenso gut. Durch seine Musikauftritte, die er nur mehr als Hobby betrieb, verdiente er auch ein wenig dazu. Jetzt endlich konnte er sich seinen Traum erfüllen und den Pilotenschein machen. Da in Amerika die Flugstunden sehr viel weniger kosteten und man auch bei jedem Schlechtwetter fliegen durfte, war es besser, alles in Amerika zu absolvieren. Die Wetterkunde, das Piloten ABC und andere Theorien, absolvierte er in Österreich. Ich freute mich und war mächtig stolz auf ihn. So konnte auch ich davon ein wenig profitieren. Z. B. an schönen Tagen oder manchen Wochenenden verbrachten wir in den Lüften. Ich hatte von Beginn an volles Vertrauen in ihm als Pilot gesetzt. Wir waren bei vielen interessanten Flugshows in Deutschland und Österreich. Ich war gerne mit ihm unterwegs, denn Demi hatte das Feingefühl eine Frau zu verwöhnen. Zu diesem Zeitpunkt ging es ihm finanziell besser und so kaufte er sich, seinem Image angepassten, Auto und war mächtig stolz darauf. Sofort wurde das neue Auto bei der nächsten Gelegenheit mit einer Fahrt nach Berlin eingeweiht. Also ich kann nur sagen, dass unsere Beziehung damals zu diesem Zeitpunkt sehr harmonisch war. Demi war ein Mann, mit dem die Frauen wirklich gerne Urlaub machen.

Obwohl Demi Nichtraucher war, zeigte er sich während der ganzen Autofahrt wirklich einsichtig. Machte öfters Pausen, damit ich zur Toilette konnte oder, was nicht so selbstverständlich war, fragte, ob ich Kaffee haben wolle oder eine Zigarette rauchen wolle.

In Berlin zeigte er mir alles Sehenswerte, was es nur zu sehen gibt. Das Hotel (natürlich ein Pilotenhotel) war gut und das Essen sowieso, da Demi immer ein Genießer war.

Auch als wir gemeinsam in der Türkei waren, war es wirklich ein Traum mit ihm, ich wurde immer sehr verwöhnt. Demi mochte eher die nobleren Restaurants bis hin zum Nachtlokal.

Er war ein neugieriger Mensch, der kulturell auch alles aufsaugte. Und so vergingen wieder einige friedliche

Jahre, bis auf ein paar Kleinigkeiten, die wohl in jeder Beziehung so passieren. Zu diesem Zeitpunkt war mein Vertrauen zu Demi wieder halbwegs hergestellt und ich hatte eine Phase der seelischen Erholung: Die nächste negative Phase, kam jedoch schneller, als ich dachte.

Die schreckliche Nachricht

Im einem der folgenden Sommer beobachtete ich, dass er ziemlich oft einen nachdenklichen Eindruck machte, zumal war er traurig, dann wieder depressiv. Doch er schien mir warmherziger denn je und war auch besonders nett zu mir. Auf meine Fragen, welche Probleme er hätte, wich er aus und schob seine Zustände auf Stress im Büro. Ich versuchte das Beste daraus zu machen und verwarf zeitweise die Gedanken, obwohl ich fühlte, dass irgendetwas nicht stimmte. Ich vermutete natürlich schon wieder mal eine Frau, verwarf aber diese Gedanken vorerst. Mein Urlaub näherte sich und endlich war es so weit. Da ich ja mein süßes Minihäuschen am Land besitze, fuhr ich für zwei Tage dorthin. Inzwischen hatte ich mir ein kleines, aufstellbares, Swimmingpool bestellt und wartete auf die Lieferung. Außerdem hatte ich noch einen Termin mit dem Elektriker und auch der Rauchfangkehrer hatte eine Inspektion zu machen. Demi hatte zurzeit keinen Urlaub, gab sich (was mich sehr wunderte) sehr große Mühe, in meiner Nähe zu sein.

So fuhr er jeden Tag nach Büroschluss - immerhin 65 km weit - und schlief bei mir. Warum wollte er diese Nähe?
Die dritte (letzte) Woche lud er mich auf eine Woche nach Griechenland, die Insel Rhodos, ein.

Wieder war alles vom Feinsten. Das Hotel, dass Essen und Demi selbst. Er mietete ein Auto und zeigte mir täglich andere Sehenswürdigkeiten dieser Insel. Am Abend fuhren wir dann immer in unser Hotel, wo wir noch zusätzlich Veranstaltungen besuchten. Ich war zu diesem Zeitpunkt sehr glücklich. Jedoch irgendwie kam es mir verdächtig vor, so, als wäre es der letzte gemeinsame Urlaub.

Als ich Demi meine Gedanken mitteilte, tat er es mit „zu großer Phantasie" ab und liebte mich besonders heißblütig.

Doch dieses Gefühl spürte ich während des ganzen Urlaubes und fand keine Erklärung dafür.

Zu Hause angelangt, gut erholt, schien er wieder nervös zu werden.

Es war wie ein Vorwurf, denn er begann aus heiterem Himmel darauf los zu nörgeln, dass er es verabsäumt hätte, eine Familie zu gründen. Weiteres, alle in seinem

Alter hätten schon eine eigene Familie gegründet, nur er eben selbst nicht. Seine Familie, insbesondere seine Mutter, würde auch so gerne Enkelkinder haben.

Ich war natürlich verwundert und dachte:

Jetzt ist es so weit, jetzt muss ich das Versprechen einlösen, dass ich ihm freigebe, falls er Familie gründen wolle.

Obwohl ich dennoch sehr betroffen war, teilte ich ihm mit fester Stimme mit, dass ich ihm dabei unterstützen werde, damit er die Chance hat, eine eigene Familie zu gründen.

Und so kam es, dass er einige Male aus fadenscheinigen Gründen und auch in sehr kurzen Abständen in seine Heimat fuhr. Einmal gab er vor, dass es eine Hochzeit eines Cousins wäre, ein weiteres Mal eine religiöse Feier und wieder ein anderes Mal die Krankheit seiner Mutter. Ich ahnte, dass er mich bis im letzten Augenblick noch schonen wollte.

Konnte er sich nicht denken, dass ich sehr wohl ahnte, dass er auf Brautschau war?

So hatte ich nach einer sogenannten Entspannungsphase wieder einmal Gefühle und Regungen, die ich in dieser

Art nicht mehr erleben wollte. Gefühle, die man nicht beschreiben kann, eine Art Angst, Trauer und verletzter Stolz zugleich.

Es ist langweilig! Immer das gleiche! Doch meine Ahnung sollte wieder bestätigt werden.

Als Demi von seiner Heimat zurückkam, begann seine „müde Zeit". So lag er täglich nach der Arbeit wortlos und grübelnd im Wohnzimmer auf der Couch. Ich wusste, ach Gott ich wusste! Wie es in mir aussah, kann sich keiner vorstellen. Doch bin ich eine Frau, die den Tatsachen lieber ins Auge sehen will, als dass ich Ungewissheit ertragen wollte. ICH WOLLTE ES GANZ GENAU WISSEN. Also bohrte ich so lange, bis er endlich begann, und zwar mit der reinen Wahrheit!

Stockend, erbärmlich und Mitleid erregend! Er, ganz der einzige ARME!

Seine Familie hatte ein Arrangement mit einer bekannten Familie geschlossen, die eine Heirat mit einer Tochter des Hauses begrüßen würde. Der Heiratstermin wurde dabei schon festgelegt.

Das war der Beweis meiner Vorahnung; nun ist es eingetroffen!

In diesem Moment dachte ich vor Seelenschmerz zu sterben. Es stellte sich heraus, dass er, als seine Mutter im Krankenhaus besuchte, die Tochter der Freundin seiner Mutter kennen gelernt hatte. Diese wurde ihm dann als Braut empfohlen. Da sie jung genug und aus einer ehrwürdigen Familie stammte, wäre sie die ideale Frau. Gespräche zur Festsetzung des Termins für die Hochzeit, die demnächst stattfinden sollte, wurden bereits geführt.

Diese grausamen Gefühle, die ich schön öfters erlebt hatte, ergriffen mich wieder einmal. Tausende von Gedanken durchzuckten mein Gehirn. Aber diesmal war es Angst. Angst um Demi, den ich im Laufe der Jahre sehr lieb gewonnen hatte. Obwohl ich schon Informationen von orientalischen Gebräuchen hatte, die Hochzeitsvorbereitungen oder auch eine Brautschau betrafen, hatte ich in der Realität nicht so ganz daran geglaubt.

Doch nun erlebte ich es live!

Ich dachte an die Brautfamilie, die in diesem nordafrikanischen Land lebte und ich konnte mir sehr gut vorstellen, dass Demi einen sehr guten Eindruck auf die

Familie seiner Braut gemacht hatte. Er kreuzte dort mit seinem neuen BMW auf. Er hatte ja inzwischen eine gute berufliche Laufbahn gemacht und auch eine neue Wohnung gekauft. Er stand für die Brauteltern als gutsituierter Bräutigam da, das machte in der kleinen Ortschaft der Braut sicherlich großes Aufsehen.

In der Zeit unseres Zusammenlebens erfuhr ich natürlich auch einiges von der Mentalität dieses Volkes. Daher weiß ich auch, dass es in solchen Ländern üblich ist, dass man der zukünftigen Gattin einiges bieten muss. Die Frauen, die verheiratet werden, werden in solchen Ländern wie Königinnen gehandelt, sie werden sozusagen teuer verkauft. Wohnung, Auto, Kleidung sind selbstverständlich und ebenso, dass man die Frau erhalten muss. Auch ist es selbstverständlich, wenn der Ehegatte im Ausland lebt, er seine Gattin nachzuholen hat. Es wird als selbstverständlich erachtet, dass der Bräutigam – wenn notwendig - die Familienangehörigen unterstützt.

Ich hatte von ihm selbst erfahren, dass meistens Familienmitglieder eine Ehe anstiften, aber der Bräutigam selbst damit auch einverstanden sein sollte.

Spätestens bis zum 50. Lebensjahr sollte der Mann aus religiösen Gründen verheiratet sein und Kinder gezeugt haben.

Ich habe es an ihm gesehen, dass der Einfluss seiner Mutter sowie seiner Restfamilie, die alle schon verheiratet waren, sehr groß war.

Zu heiraten, sich mit einer anderen Familie zu verbinden, ist eines der größten Ziele in diesen Ländern. Oft kommt die Liebe zu kurz, weil man nach Vernunft und nicht nach Liebe wählt.

Aus einer bekannten Familie zu kommen oder eventuell reich zu sein ist in seinem Lande noch erstrebenswerter als Liebe. Besitz ist ihnen sehr wichtig. Die Ehe ist ein großes Versprechen für beide. Falls keine Liebe entstanden ist, versuchen beide das Beste daraus zu machen.

Nachdem eine Hochzeit das fast größte (außer eine Pilgerfahrt nach Mekka) Ereignis im Leben des arabischen Mannes ist, gibt man für diese Hochzeit oft sehr viel oder auch das letzte Geld aus. Man will den Verwandten und Nachbarn damit zeigen, wie stolz und wohlhabend man ist, obwohl es sehr oft nicht der

Wahrheit entspricht und der Brautleute sich meistens in große Schulden stürzen müssen. Ach ja und falls man sich scheiden lassen will, wird der Mann dann verpflichtet, Alimente bis zur Wiederverheiratung der Frau zu zahlen. Auch sollte er die Hälfte des gemeinsamen Besitzes abgeben-

Und so kam es wie es kommen sollte:

Hochzeit meines Lebensgefährten

Ich weiß nicht mehr, wie ich die nächsten Wochen verbrachte, aber der Tag **X**. kam ganz drohend, zu schnell und wahnsinnig schmerzlich auf mich zu.

Die Verabschiedung war eine einzige Trauerorgie und beide weinten wir herzzerreißend, wie in einem kitschigen Liebesdrama.

Ich litt wie ein ausgebeuteter Hund. Die anschließenden Nächte erlebte ich fast schlaflos "über mein Leben hadernd". Zeitweise geschüttelt von Weinkrämpfen, Trauer und auch Hass. Hass auf Demi und seine ganze Familie.

Ich haderte mit mir selbst am meisten, warum konnte ich "solch einen Mann" meine Zuneigung schenken? Warum nicht einen anderen. Zahlreiche Männer boten sich mir im Laufe der Jahre freiwillig an, warum hörte ich nur auf seine Stimme?

Mein Arzt verschrieb mir letztendlich noch Schlaftabletten, damit ich wenigstens einige Tage durchschlafen konnte, um Kraft zu sammeln. Das Hochzeitsdatum rückte drohend näher und am 26. August war es so weit.

An diesem Tag im Büro bemerkte ich, dass ich die Stimmen meiner Kolleginnen und Kollegen nur aus weiter Ferne hörte. Ich arbeitete wir in Trance. Mein Magen und mein ganzer Körper taten mir weh und meine Füße fühlten sich wie schwere Steine an. Der Tag schien nie zu enden und ich war müde, so müde und fühlte mich so krank!

Heute heiratet mein Lebensgefährte!!!

Ich versuchte mit aller Kraft und Schauspielkunst, mir nichts anmerken zu lassen, machte sogar einige Scherze.

Froh, die Arbeitszeit hinter mich gebracht zu haben, schaffte ich es im Zeitlupentempo nach Hause zu kommen. Anschließend würde ich in mein Haus fahren, um wieder einmal, Trauerarbeit zu leisten. Ich genehmigte mir ein paar Gläschen Sekt und so nach und nach schlief ich dann endlich (auch ohne Schlaftabletten) erschöpft ein. Ich war alleine und wollte niemanden sehen.

Das Wochenende hat mir wieder Kraft gebracht, Weinen tat gut und erleichterte.

Ich schmiedete sogar neue Pläne. Ich wollte zu diesem Zeitpunkt meine Wohnung in Wien aufgeben und ganz im Haus am Lande leben. Ich sprach mir immer wieder selbst Mut, ich werde wieder aufstehen!!!!!

Doch zurück in Wien, wurden meine Nerven wieder so strapaziert, dass ich manchmal dachte, meinen Verstand zu verlieren

Fahrt ins Ungewisse

Demi fuhr vollbepackt mit seinem Auto Richtung Genua und sein Gewissen plagte ihm wirklich sehr. Ich schreibe das nicht nur so aus purem Spaß, sondern ich hörte seine liebe, traurige, angstvolle Stimme am Handy. Wir waren täglich per Handy in Kontakt. Ich wollte nicht in seiner Haut stecken. Er beging diese Hochzeit aus Gründen seiner ihm angeborenen Mentalität und aus Respekt zu seiner Familie.

Es waren die erschütterndsten Gespräche, die wir führten, und es waren immerhin 41 Gespräche, bis er in Genua angekommen war. Die Einzelheiten möchte ich hier nicht anführen, um die "wirklich menschlichsten, intimen Bekenntnisse" eines Menschen, den ich gerade in diesen Augenblicken so vermisste, nicht preiszugeben.

Die Tage vergingen und ich nahm meine Umgebung wie in einem verschwommenen Film wahr.

Ich versuchte auszugehen, hatte aber keinen Spaß daran. Zum Wochenende fuhr ich wie ferngesteuert in mein

Haus. Auch dort fühlte ich mich verlassen und fand keine Ruhe. Wieder in Wien angekommen, wollte ich gleich wieder aus der Wohnung, eine Verwirrtheit meiner Gefühle und Erinnerungen, die über mich herfielen. Ich zwang mich zum Essen. Ich wusste, wenn ich nichts aß, würde mir übel werden und Kreislaufprobleme bekommen. Sicherheitshalber ließ ich mir vom Arzt wiederholt Schlaftabletten verschreiben, damit ich nachts schlafen konnte, um am Morgen ausgeruht im Büro genügend Kraft zum Arbeiten habe.

Ich stellte mir vor, wie er mit dieser Frau ins Bett steigt, um seine Pflicht zu erfüllen. Ich war so durcheinander! Natürlich wusste ich von Beginn unserer Beziehung an, dass es so weit kommen würde. Ich hatte ja eine gewisse Vorahnung und wollte ihn ja auch deswegen nie heiraten. Ich dachte fast täglich daran.

Doch das Warten hat so viele Jahre gedauert, dass ich mich an Demi so sehr gewöhnt hatte!

Ich erinnerte mich immer wieder an mein Versprechen, dass ich ihm gegeben hatte, wenn er Familie gründen wolle, er seinen Weg gehen könne und ich ihn nicht daran hindern würde, seine Chance wahrzunehmen. Nun war es eben wirklich so weit. Es war so schwer, so fürchterlich schwer!

Na ja, eine Heirat in Nordafrika ist eine besondere Sache. Sie wird nicht nur als Vereinigung von zwei Menschen, sondern meistens auch von zwei Familien gewollt und von den Eltern arrangiert. Es gibt zwar auch schon mehr junge Leute, die sich der heutigen Zeit schon angepasst haben, die sich treffen und unabhängig von den Eltern kennen lernen. Doch die Tradition ist nach wie vor vorherrschend.

Traditionelle Hochzeiten, besonders die in ländlichen Gebieten, dauern mehrere Tage. Am Abend vor der Hochzeit (oder auch vor einer Verlobung und auch anderen Festen) lädt die Braut traditionsgemäß ihre Freundinnen ein, die ihr mit Henna Ornamente auf Händen und Füßen zeichnen. Die Großfamilie hat auch heute noch eine große Bedeutung in den arabischen Ländern. Die Eltern bleiben ihr Leben lang vorherrschend innerhalb der Familie. Männer sind jedoch die Nummer eins, dann kommen die Frauen und schließlich deren Kinder. Die Familie ist wie eine Firma, die zusammen arbeitet. Die Eltern sind der Mittelpunkt der Großfamilie so lange sie leben. Ihre Macht ist sehr groß und stößt selten auf Widerstand. Es kommt daher auch öfters vor, dass die Großmutter eine fanatische Verfechterin dieser Tradition ist und sie auch Hochzeiten arrangiert. .

Genug von Hochzeit, es geht ja um mich.

Also versuchte ich, meine derzeitige trostlose Situation zu verändern, indem ich Pläne für die Auflösung meiner Wohnung in Wien schmiedete. Ich dachte, wenn er dann mit seiner Ehefrau nach Österreich komme, würde ich nicht mehr in meiner Wohnung wohnen. Ich würde mich somit besser fühlen und mehr Abstand haben.

So stellte ich mir eine Liste von elektronischen und elektrischen Geräten zusammen, die ich in meinem Haus auf dem Lande gebrauchten könnte. Die restlichen Wiener Utensilien wollte ich per Inserat oder per Internet zum Verkauf anbieten. Auch bräuchte ich in meinem Haus keine Miete zahlen. Somit könnte ich mir sogar wieder ein kleines Auto leisten. Das Haus käme mir in jedem Fall billiger als die Wohnung.

Doch wie es so im Leben spielt, es kommt immer anders, als man denkt.

Aus besonderen Gründen werde ich diesen Abschnitt nur ganz kurz fassen.

Etwas Schreckliches passierte!

Demi konnte die Hochzeitsnacht und deren Riten nicht einhalten und flüchtete ganz einfach vor der Braut und deren Familie.

Was dies in einem solchen Lande bedeutet, kann man nur erahnen. Familien verlieren ihre Gesichter und es ist eine große Schande für die Braut, die abgewiesen wurde. Demi war zu diesem Zeitpunkt nicht reif für die Ehe und hatte noch nicht mit mir abgeschlossen.

Seine Rückreise gestaltete sich abenteuerlich und auch sehr gefährlich. Man könnte ihn ja schon an der Grenze festhalten und zurückbringen!

Nach 4 Tagen klingelte an meiner Wohnungstüre.

DEMI!!!!!!!

Demi, blass, mit schwarzen Ringen unter den Augen, müde, verschwitzt und um Jahre gealtert, stand vor mir!

Sein Anblick aktivierte bei mir sofort das Mitleidssyndrom.

Warum kam er zu mir?

Na ja, er suchte Wärme, menschliche Wärme und Geborgenheit.

Ich gab sie ihm wieder und zwar so lange, bis er sich wieder erholt hatte.

Die Folge war:

Demi durfte 2 Jahre lang nicht mehr in seine Heimat reisen und seine ganze Familie hatte sich abgewandt.

Es war für Demi eine schreckliche Zeit und für mich ebenso. Doch gerade in dieser Zeit wuchsen wir wieder zusammen, er weniger, ich mehr.

Dazu kam noch, dass der Vater der Braut Demi bedrohte. Es wurden in Wien Bekannte des Schwiegervaters als Spione eingesetzt, die Demis Lebensweise in Wien auskundschaften sollten (er durfte nicht mit mir gesehen werden).

Es drohte Gefängnisstrafe und ein Entschädigungsbetrag für die abgelehnte Braut bis zu 15.000,-- Euro.

Das waren die Nachwirkungen.

Die nachträgliche Entdeckung

Nach 2 Jahren fuhr Demi, der sich inzwischen auch mit seiner Familie versöhnt hatte, wieder in seine Heimat, um die Scheidung durchzuführen.

Seiner damaligen Frau hatte er inzwischen regelmäßige monatliche Entschädigungsbeträge zukommen lassen.

Nun hatte sie inzwischen wieder einen Ehekandidaten gefunden, deshalb konnte die Scheidung erfolgen und Demi brauchte keinen Unterhalt mehr zahlen.

Es gibt in seiner Heimat ein Gesetz, dass man - wie im Falle Demis - der Ehefrau bis zur Wiederverheiratung einen monatlichen Entschädigungsbetrag zahlen muss.

Na ja, die Zeit verging und Demi war nach wie vor wieder in voller Aktion.

Natürlich hatte er sich wieder gut erholt und war guter Dinge. Er mehr – ich weniger!

Ich war inzwischen noch misstrauischer geworden. Zusätzlich hatte sich seit seiner Heirat etwas in mir verändert. Etwas war in mir gebrochen.

Er holte mit neuer Energie seine fehlenden Flugstunden in Amerika nach, die dort billiger als in Österreich waren. Ich blieb in Wien und war dabei, einige Formalitäten wegen seiner Wohnung, die er sich wegen seiner bevorstehenden Hochzeit besorgt hatte, zu erledigen.

Es nervte mich sehr, hatte ich das nötig, warum tat ich das überhaupt? Schließlich hatte er damals diese neue Wohnung nicht für mich, sondern für seine zukünftige Braut besorgt. Doch ich tat es trotzdem.

Während er in Amerika war, fand unsere Kommunikation nun per E-Mails, SMS, manchmal Telefon und über das Internet statt.

Es schien mit seinem Handy etwas nicht in Ordnung zu sein, deshalb ersuchte er mich, ihm eine Rechnung herauszusuchen, einzuscannen per Internet zukommen zu lassen.

Wie es der Zufall wollte, musste ich dazu in seinen Schrank, wo ich nach der von ihm gebrauchten Rechnung suchte.

Die Rechnung fand ich leider nicht so schnell. DAFÜR ABER ETWAS GANZ ANDERES!!

Es gibt etwas, was ich absolut und abgrundtief hasse:

„Saublöde Männer", die sich Frauenfotos oder LIEBESBRIEFE aufheben!

Und das hatte Demi getan, deshalb fand ich diesen Brief, einen Liebesbrief, der in englischer Sprache verfasst war.

Sie hieß Jasmin und fragte in diesem Brief an, ob er die selben Gefühle für sie empfinde wie sie für ihn. Weiteres, sie sich freue, ihn wieder zu sehen. Dass sie die schöne Zeit nicht vergessen hat und auch nicht missen will. Dazu legte sie ihm ein Foto bei, indem ich eine Tänzerin erkenne, die er (wie ich wusste) sehr verehrte und von ihr immer sehr positiv gesprochen hatte. Eine durchwegs attraktive, doch etwas ältere Frau, mit einer etwas zu lang geratenen, jedoch keiner hässlichen, Nase, die in Amerika lebte. Ich wusste, dass sie schon öfters in Wien Auftritte gehabt hatte, bei der Demi und seine Gruppe die Musik dazu spielten. .

Welch ein ZUFALL?

Im Brief schrieb sie weiteres, dass er sich in seinen Terminkalender ein Zeichen machen soll, um ja nicht zu vergessen, sie vom Flughafen abzuholen. Es auf der Party sehr schön war und sie sehr glücklich war, dass Demi vom Beginn ihrer Party an als Erster dabei war und als Letzter gegangen ist (was dann passiert ist, kann ich mir schon ausrechnen).

Was war Demi doch für ein „Scheißkerl"!!!!!

Nachdem ich in seiner Unordnung die erforderlichen Rechnungen nicht gefunden hatte, sandte ich per Fax Kontoauszüge, die jedoch nicht reichten. So musste ich wieder suchen, was mich zusätzlich sehr ärgerlich machte. Ich stöberte wirklich den ganzen Kasten um und auch eine alte Tasche, wo normalerweise nichts drinnen sein konnte, jedoch dort fand ich komischer Weise eine Schachtel mit Dattelkonfekt. Was wollte er mit dieser? Voraussichtlich hatte er diese Packung vor mir versteckt, und es als Geschenk für jemanden mitgebracht. Da er jedoch sehr chaotisch war, hatte er darauf vergessen.

Als Demi dann von Amerika zurück kam, machte ich ihm den Garaus wegen des Briefes.

Damals hatte ich bereits das erste Mal ernste Gedanken an eine andere Art von Rache, nämlich mit einem anderen Mann.

Ich wollte auf der gleichen Ebene mit Demi sein!

Ich hatte inzwischen wirklich den restlichen Respekt vor ihm verloren. Ich war überaus zornig. Es tat nicht mehr so weh!! „Du kannst mich jetzt auf ewig vergessen" dachte ich und weiter mit großem Zorn:

„ RACHE muss sein, ich werde sie genießen!"

Eigentlich wollte ich überhaupt nicht mehr, dass er weiter in meiner Wohnung wohnen bleibe und sagte es ihm auch.

Er tauschte schließlich seine große Wohnung gegen eine kleinere, da er sich die große Wohnung zu diesem Zeitpunkt nicht mehr leisen konnte.

Gott sein Dank verlangte ich niemals, dass er seine Wohnung aufgibt, man weiß ja nie!

Jetzt – ganz genau jetzt war der Zeitpunkt da, meine Wohnung zu verlassen.

Das Fass war voll und zwar übervoll. Also schlief er ab nun in seiner Wohnung.

Ich fühlte mich nach langer Zeit wieder einmal frei, ich hatte jetzt wenigstens ein wenig Rache.

Sollte er doch sehen, wie er selbst weiterkommt!

Wohnungswechsel

Es war jedoch noch immer nicht zu Ende und wir hatten weiterhin Kontakt.

Vom 6. Juli bis 20. Juli kam sein Bruder auf Besuch. Natürlich wäre es für Demi bequemer gewesen, wenn sein Bruder und er selbst in meiner Wohnung geschlafen hätten, denn dann hätte ich auch gekocht für die beiden. Zum ersten Mal seit unserer Beziehung lehnte ich es ab, sollten die beiden doch in Demis Wohnung „hausen". Mit überraschtem Ausdruck in seinen Augen, nahm er meine Ablehnung zur Kenntnis. Obwohl ich mich in diesem Augenblick nicht als sehr gastfreundlich zeigte, erklärte ich ihm, dass meine finanzielle Lage nicht so erfreulich sei und ich auch aus verschiedenen Gründen nicht gewillt sei, diese so genannte Gastfreundschaft aufrecht zu erhalten (schließlich war ich noch gekränkt, da ja alle seine Brüder und Verwandten an Demis Hochzeit teilgenommen hatten).

Auch fand ich es geradezu ideal, denn so konnte er sich endlich an seine neue Wohnung gewöhnen.

Weiteres würde er auch erfahren, wie viel Geld man braucht, um eine Person zu erhalten. Bevor er heiratete, waren jeden Sommer einige seiner Verwandten gekommen, um hatten meine Gastfreundschaft in Anspruch genommen.

Weiteres fand ich gut, dass er nun endlich selbst dafür zu sorgen hatte, damit genug frische Wäsche im Hause war und der Haushalt funktionierte. Außerdem war es ja sein eigener Bruder, für den es sich sicherlich lohnt. Später erfuhr ich, das mit der Wäsche hatte geklappt, aber mit dem Kochen nicht so sehr.

Einige Male wurde ich von Demi zum Essen eingeladen, was ich natürlich annahm. Ich dachte, nachdem er ohnehin für seinen Bruder bezahlen musste, war es sicherlich auch egal, ob er nun für eine oder zwei Personen bezahlen musste.

In diesen zwei Wochen hatte ich selbst nur einmal gekocht. Einmal hatte ich dann doch die beiden zum Essen eingeladen. Sonst waren sie beide jeden Tag unterwegs. Ich war deswegen froh, da ich zu diesem

Zeitpunkt an einer Beinverletzung litt und in ärztlicher Behandlung war. So vergingen die beiden Wochen. Der letzte Tag seines Besuches begann mit einer Einladung zum Essen in einem chinesischen Restaurant und anschließendem Kaffe in meiner Wohnung. Beide sahen im Fernsehen einen arabischen Sender mit Nachrichten und Musik.

Ich beobachtete beide, die ziemlich ernst zu sein schienen. Am Abend brachte er seinen Bruder dann zum Flughafen.

Ich fühlte wieder, dass etwas passieren würde!

Nachdem ich wusste, dass er anschließend zu mir kommen würde, begann ich nachzudenken, wie ich ein Gespräch beginnen könne. Obwohl er mich fast täglich besuchte und wirklich täglich anrief, war er mir doch irgendwie fremd geworden. Die Schlüssel hatte er noch. Als er vom Flughafen kam und ich den Schlüssel hörte, wartete ich gespannt auf sein Gesicht. Er wirkte ganz normal, so als sei nichts gewesen.

Ich begann das Gespräch damit, dass ich ihm mitteilte, dass er mir ein bisschen fremd geworden wäre, was er mit der Bemerkung: „warum, habe dich doch sowieso jeden Tag gesehen"? abtat. Ich jedoch wollte genau wissen, was er denn in der nächsten Zukunft plane. Nachdem er ja sowieso schon die meisten Sachen in seiner Wohnung hatte, könne er ja ganz in seiner Wohnung wohnen bleiben. Er meinte, das wäre auch gut, denn er mache ohnehin einen Kurs in der UNI und würde dann oft sehr spät nach Hause kommen. Aus diesem Grunde wäre es ohnehin besser, wenn er in seiner Wohnung bleiben würde.

Für mich positiv, denn ich würde dann nicht mehr auf ihn warten müssen. Er meinte noch, dass er mich jeden Tag besuchen würde. Den gemeinsamen Urlaub sah ich ohnehin schon in Ferne, da er sowieso finanziell ausgelaugt war. Er war ja ein Monat lang in Amerika und hatte den Kurs und Flugstunden bezahlen müssen, was nicht billig war. Der Besuch seines Bruders hatte ihn zusätzlich finanziell belastet. Nachdem er glücklicherweise auch noch begabter Hobbymusiker war, würde er sich mit Auftritten zu den Wochenenden Geld dazuverdienen. Das bedeutete, dass seine Wochenenden auch verplant waren.

DA KOMMT WIEDER ETWAS! ABER WAS? Ich bin ein geduldiger und toleranter Mensch, doch zu diesem Zeitpunkt hatte ich es wirklich endgültig satt, ich wollte ganz einfach nicht mehr!!!!!! Ich fand es besser, wir würden getrennt leben. Ich brauchte Luft zum Atmen und einen klaren Kopf, ich will das Leben genießen und spüren, doch nicht auf diese Art und Weise

Leider verstand er es immer wieder, in mir Mitleid zu erwecken und mich mit seiner sanften Art und Weise zu faszinieren. Deshalb landeten wir natürlich - wie sollte es auch anders sein – immer wieder im Bett.

Keine Frage, in diesem Bereich verstanden wir uns eben am besten.

Der Zeitpunkt zum Abschied rückte immer näher.

Es war soweit: Er stand bei der Tür zum Gehen, der letzte Kuss, ein warmer Blick und er ging. Ich stand noch ein paar Sekunden ohne eine Reaktion und ging dann wieder ins Bett.

Und wieder dieses scheußliche Gefühl, das ich nicht mochte!!!! Von einer Sekunde auf die andere: Ein Wehgefühl in meinem Herzen, ich dachte es war vorbei? Ist das ein Film oder ist es die Realität?

23 Uhr - Anruf - höre seine sehr sanfte und liebe Stimme, sagt mir überaus liebevoll Gute Nacht. Erst dann kann ich einschlafen, fühlte mich leichter. Ich dachte, er wusste schon damals ganz genau, was er vorhatte.

Der Morgen danach

Anstatt befreit, fühlte ich mich schlecht. Ich wollte an diesem Tag keine Musik hören und lief unkonzentriert in der Wohnung hin und her. Es war ein ganz und gar negativer Tag, sogar die Zeitung vor meiner Türe war wieder einmal gestohlen worden. Das Wetter war regnerisch und grau. „Muss mich an den Zustand gewöhnen, heute oder morgen wird es sowieso zu Ende sein und dann habe ich mich wenigstens daran gewöhnt, allein zu sein" dachte ich. Also was soll es, warum fühle ich mich dann, als hätte mir jemand einen Teil meines Körpers mitgenommen? Einen Teil von mir genommen? der gar nicht zu mir gehört hatte? Das Gefühl gestohlen zu haben, dass abends jemand neben mir liegt, der sowieso nicht zu mir gehört?

Ich begann mit mir selbst zu hadern. WARUM BIN ICH IHN BEGEGNET, WARUM begegne ich überhaupt Männern, die ich nicht brauche? UND ich auch NIEMALS SUCHTE!!

Na ja, das Leben geht aber weiter und so werde ich versuchen, die nächste Zeit seine negativen Seiten in mich hineinzudrängen, damit es mir leichter fällt, mein Leben wieder neu zu gestalten. Doch was war negativ? Komisch ist, dass mir in dieser Phase nicht unbedingt alles Negative einfiel, eher die positiven Eigenschaften. Im Moment fiel mir nur ein, dass er ein fürchterlicher Chaot war, der eine Sammelleidenschaft hatte, die auch einem Messie-Syndrom gleichkam. Oft musste ich lachen, wenn ich an sein ewig emsiges Beschäftigungsprogramm dachte, das er sich immer aufgehalst hatte. Dadurch war seine Freizeit sehr eingeschränkt. Ich hatte den Eindruck, dass er sich oft selbst im Wege stand. Oft sah ich ihn nur gehen, oft nur wenn er kurz nach Hause kam.

Ich ging selbst an den Wochenenden aus, damit ich nicht zu Hause war, wenn er mal kam, weil ich seine Anwesenheit meiden wollte. Ich versuchte mir Gutes zu tun.

Was wird sein, wenn er wieder heiratet?

Was soll ich denn mit einer Liebe, die vielleicht keine Liebe ist? Tatsache ist, dass meine „Liebe" hauptsächlich aus „verzeihen" und „tolerieren" bestand.

So soll Liebe sein? BIN ICH EIN ENGEL ODER etwa die Heilige Mutter Theresia? Einmal muss Schluss sein! Ich will endlich ich sein, ich will frei sein und – ich will LEBEN! Und ich mag auf keinen Fall mehr „immer nur die Nette" sein.

Ich wünschte mir, dass er endlich einmal lernen solle, in seiner neuen Wohnung selbstständig zu sein und jetzt, wo es endlich so weit wäre, dachte ich wieder, dass es doch nicht ganz richtig sei. „Kann mir ganz gut seine Zukunft vorstellen", die meisten Männer sind ziemlich labil, da wird nicht einmal ein Monat vergehen und eine andere Frau wird ihm seinen Haushalt führen".

Gestern war es wieder so weit, er kam nach Büroschluss zu mir nach Hause und ich sprang (trotz meines schmerzenden Fußes) ganz spontan auf und spürte eine stille Freude aufkommen. Ich hatte noch vom Wochenende Essensreste, die wir gemeinsam teilten. Wieder sah ich ihn an und bemerkte, wie vertraut er mir doch war. Ich kannte jede seiner Bewegungen und jedes

Haar an ihm. Ich mochte seinen Bauch und seine weichen Hände. Ich mochte seine schönen Augen, seine Intelligenz und seine Tollpatschigkeit. Irgendwie zu diesem Zeitpunkt mochte ich wieder vieles an ihm. Es es war ein Wechselspiel meiner Gefühle, einmal so und einmal wieder ganz anders. Ein paar Gespräche noch, als er ging, war es ein herzlicher Abschied. Sein späterer Anruf ließ mich wieder beruhigt einschlafen.

Die umgekehrte Situation war eingetreten, er lebte in seiner Wohnung, ich war diejenige, die ihn besuchen sollte.

Wenn ich auf Besuch in seiner Wohnung war, tat ich dasselbe, das er in meiner Wohnung all die Jahre gemacht hatte. Z. B. ich ließ nach dem „Lieben" das Bett zerknüllt, die schmutzige Kaffeetasse stehen, ließ die Polster von der Sitzgarnitur unordentlich und verdrückt, ließ ein zerknülltes Taschentuch auf dem Nachtschrank liegen, nach dem Duschen klemmte ich das feuchte Handtuch zwischen die Heizkörper ein.

So wie er es tat, als wir in einem gemeinsamen Haushalt lebten. Doch Demi machte keinerlei Bemerkungen dazu.

Wenn er wieder einmal bei mir war, spürte ich noch immer dieses gewisse wehe Abschiedsgefühl, wenn er ging. Doch es wurde langsam immer leichter.

Dadurch, dass nun jeder in seiner eigenen Wohnung lebte, kam es allmählich zu einer Entfremdung.

Es ist August geworden und ich werde mich auf zwei Wochen in mein Haus zurückziehen, um meine Nerven ein bisschen zu schonen. Ich gebe ihm die Möglichkeit, sein Singledasein zu genießen. Was ist gut und richtig?

Mein Urlaub allein

Obwohl ich gedacht hatte, dass Demi und ich wenigstens eine Woche allein in den Urlaub fahren würden, kam es anders. Nun ist es soweit, mein Urlaub begann. Ich verbrachte eine Woche mit meiner Tochter in meinem Haus am Lande. Demi besucht uns einige Male in der Woche, doch er lud uns wenigstens immer zum Essen ein. Manchmal kam es mir vor, als wäre es ihm nicht recht, doch er machte ganz auf "nett". Am Freitag holte er uns beide ab und brachte uns nach Wien. Bei der Rückfahrt erwähnte er so beiläufig, dass er in seine Heimat fahren würde.

„Aha, also jetzt wieder" !!!!!

Ich war sehr verärgert, denn er wusste, dass ich noch eine Woche Urlaub hatte und ich diesen nun alleine verbringen würde. So machte er meiner Tochter und mir das Angebot, doch auch mitzufliegen, wir könnten ja bei seinem Bruder wohnen, denn bei seiner Mutter sei alles besetz, wie ich doch wisse, Sommermonate und daher auch viele Besuche. „(Hochzeiten hatte er vergessen)". Doch er rechnete fest damit, dass wir das nicht annehmen würden, denn seine falsche Familie war für mich seit seiner Heirat sowieso erledigt.

Am selben Abend hatte er angeblich einen Musikertreffen und wieder hatte ich den Eindruck, dass er log.

Samstags fuhr er mittags für seine Familie einkaufen und teilte mir mit, dass er noch mit Musikern ein Treffen hatte, was aber nicht lange dauern würde. Es dauerte jedoch sehr sehr lange, doch er übernachtete bei mir. Sonntag war er wieder eine Wolke, da er noch packen und das Flugticket abholen musste. Irgendwie hatte er es wieder so eilig und konnte mir nicht in die Augen sehen. Ich dachte zu diesem Zeitpunkt: „Na vielleicht sind wieder einmal neue Brauteltern oder Verwandten in Wien, die eine Tochter zur Heirat anboten!" WIE RECHT ICH HATTE, ICH KANNTE DOCH SCHON ALLE ZEICHEN!"

Ich wünschte ihm eine gute Reise und war wirklich froh, dass er fort war.

Die letzte Woche meines Urlaubes verbrachte ich wieder in meinem Haus.

Es hat wieder mal „klick" gemacht, es ist wieder ein wenig von meinen Gefühlen zu Demi verloren gegangen. gebrochen.

Diesmal genoss ich das Alleine sein wie nie in meinem Leben vorher. Schön langsam komme ich endlich von diesem Mann los! Ich genoss die Sonne und meinem kleinen Pool, dass ich mir zwei Jahre vorher gekauft hatte. Es machte mir sogar wieder Spaß zu kochen. In jedem Fall genoss ich diese wunderbare Ruhe und die Sonne, die meinen Körper wärmte.

Ein SMS von Demi: „ Bin gut angekommen, Bussi".

Es berührte mich nicht mehr.

Als ich dann wieder nach Wien fuhr, bemerkte ich zum ersten Mal seit dieser unglückseligen Beziehung, dass mir andere Männer auch ganz gut gefielen.

Meine Rache ist sexy und sieht gut aus

Mein Urlaub war nun vorüber. Ich nahm mir vor, wenn Demi von seiner Heimat zurück kommen würde, würde ich nicht anwesend sein. Er solle erkennen, dass er mir nicht mehr so wichtig sei.

Nachdem er wie immer (er hatte sich nicht geändert) alles im letzten Augenblick erledigte, bekam er natürlich auch keinen Rückflug, wie sollte es auch anders sein! Angeblich hatte ein Pilot den Restplatz an eine Frau und Kind vergeben. So musste DEMI mit einem anderen (späteren) Flug über Prag fliegen. Dort sollte er mit dem Zug weiter nach Wien fahren, was sehr anstrengend war und dementsprechend länger dauerte. Natürlich, so wie schon öfters, kam er auch dann zusätzlich noch zwei Tage später ins Büro.

Sein Anruf früh am Morgen ließ mich hören, dass seine Stimme sehr ärgerlich klang und im Hintergrund hörte ich per Lautsprecher, dass er noch in einer Bahnhofshalle in Prag stand, da man die tschechische

Ansage hörte. Sogar der Zug habe Verspätung und er käme deshalb erst Dienstagmittag an.

Dieser Mann NERVT!!!!!!!

Da ihm die Rückreise doppelt so teuer gekommen war, muss er das ausgegebene Geld durch Überstunden wieder hereinbringen. Also ist er wieder abwesend.

Es kam wieder so ein Wochenende, wie schon viele, nämlich zum Kotzen. Er macht mir alles kaputt dieser Ekel!

Freitags war ich dann mit meinen Geschwistern in einer Discothek, wo wir uns alle sehr gut unterhielten. Samstags kam DEMI und "besuchte" mich, er hatte an diesem Tag nichts vor! Wir fuhren dann in mein Haus, um dort zu grillen. Die meisten Stunden jedoch verbrachte er fernsehend, schlafend oder nachdenkend im Wohnraum. Nur zum Grillen bequemte er sich in den Garten. Die paar Handgriffe tat er dann. Wir aßen und anschließend, wie die Männer so eben sind, wollte er Sex. Ich war jedoch so verärgert, dass ich ihn ablehnte. Ich hatte keine Lust und - schon gar nicht auf ihn. Mir würde es vorkommen, als wenn ich mit einem Fremden schlafen würde! ER NERVTE mich immer mehr!!!!!!

Mein Resturlaub ist - dank seiner Gegenwart - ein totaler Stress gewesen und ich war echt glücklich, wieder arbeiten gehen zu können, um mich von Demi zu erholen! Derzeit schlief er wieder öfters bei mir zu Hause.

Zwei Wochen später:

„ Rache in Aussicht!"

Nach Büroschluss in der U-Bahn:

„Wow" was ist denn da? Ein hübscher Kerl! Ein toller Mann, ca. 35 Jahre, mit Tennisschläger lässig in seiner linken Hand haltend. Er war sportlich bekleidet, braun gebrannt und überaus gut aussehend.

Na ja, und dieser Mann lachte mich an! Ich erwiderte sein Lachen und sah im ganz fest in seine Augen, womit ich ihm mein Interesse signalisierte.

Ich wusste genau in diesem Augenblick, diesen Mann hat mir der Himmel geschickt, perfekt für meine Rache. Eine schönere Rache konnte ich mir zu diesem Zeitpunkt gar nicht vorstellen. Was werde ich wohl mit ihm alles anstellen? Na mir wird bestimmt etwas einfallen!

Es konnte auch nicht anders kommen! Nachdem ich mit dem Aufzug von der U-Bahn nach oben fuhr, war er natürlich schon dort (er musste gelaufen sein). Er war ein sehr hübscher, großer, blonder Mann, mit femininen Gesichtszügen und strahlend blauen Augen. „Entschuldigen Sie, doch ich kenne Sie", hörte ich ihm mit seiner feinen Stimme fragen. „Nee, ich denke, dass ich Sie noch nicht kenne", lache ich zurück, „aber was nicht ist, kann noch werden oder?" meinte ich frech weiter. Er lachte und anscheinend gefiel es ihm, dass ich ein wenig frech war.

Es kam genau so, wie ich es erwartet hatte und der Schönling lud mich auf ein Glas Wein ein. Ich sah ihm an, dass er sich sehr freute – und ich auch. Selbstverständlich wusste ich ganz genau, was der Kerl von mir wollte.

UND: Genau das gleiche wollte ich! „Also dann ran an die Sache!

Nachdem wir beide in einem netten Kaffeehaus ein Glas Wein getrunken hatten, erfuhr ich, dass er mich schon längere Zeit beobachtet hatte. 14 Tage später erfuhr ich, dass er gegenüber von meinem Wohnhaus wohnte. Er arbeite in einem Theater und sei deswegen zu unregelmäßigen Zeiten unterwegs. Single sei er deswegen, da er nur einen Tag in der Woche frei habe und die meisten Frauen mit dieser Zeit Einschränkung nicht zu recht komme würden. Ich erfuhr auch, dass er 10 Jahre jünger als ich sei. Ich hatte kein Problem damit, da ich ja sowieso einen jüngeren Lebenspartner hatte.

Also dann! Bequemer konnte ich es nicht mehr haben! Freie Laufbahn und er lag mir ja schon fast vor meiner Wohnungstür.

Demi war ja inzwischen wieder von seiner Heimat zurück und hielt gerade Ramadan. In dieser Zeit war er deshalb in meiner Wohnung, da er erwartete, dass ich in der Fastenzeit für ihn koche. Da er berufstätig war, würde er Ramadan sonst nicht so pünktlich einhalten können.

Ich dachte jedoch immer an meinen Racheengel. Dieser lag mir direkt auf dem Wege nach Büroschluss, und das ohne erheblichen Zeitaufwand. Ich musste es tun! Ich musste mich rächen, für all die Jahre! Und das Objekt der Rache war nicht irgendjemand. NEIN! er war ein „Adonis".

Ich hatte Glück! Mit diesem Mann würde mir meine Rache sogar sehr großen Spaß machen!

Ich nenne ihn mal „Harry". Und Harry hatte eben immer an einem Dienstag frei.

Als ich das erste Mal an seiner Wohnungstüre klingelte, war ich trotz gutem Vorsatz aufgeregt. Als er die Türe öffnete, strahlte er über das ganze Gesicht und ich spürte einen angenehmen Parfumduft, der zu seinem Äußeren sehr gut passte. Im Hintergrund hörte ich leise Musik. Am Tisch stand eine Flasche Rotwein und Süßigkeiten.

Beim Plaudern erfuhr ich, dass das Hochhaus seiner Tante gehöre, die nebenan wohne und ebenso sein Großvater.

Er lächelte mich ununterbrochen so verliebt an, so dass es nicht lange dauerte und wir sein Schlafzimmer aufsuchten.

Er war so eine Art „zärtlicher" Mann, kein mit Temperament geladener Typ.

Na ja, was soll ich sagen, die 1. „Rache" dauerte „ein paar Sekunden", dann war ausgerächt!

Ich hatte jedoch schon an diesem ersten Tag bemerkt, dass er sich ehrlich in mich verliebt hatte, so etwas bemerkt man als Frau.

Wir plauderten noch nett miteinander.

Ich registrierte, dass er wirklich Junggeselle war, keinerlei Anzeichen von einer Frau. Auch, deshalb, da man jederzeit in seine Wohnung auf Besuch kommen konnte, war ein weiteres Zeichen dafür.

Das verstand ich nicht, so ein hübscher Kerl! Dieser Mann hatte die schönsten Sixpacks, die ich je gesehen hatte. Er sah sehr ästhetisch aus und fühlte sich gut an. Na ja, ich wollte dann anschließend gleich nach Hause gehen, doch er bat mich noch zu bleiben. Ein winzig kleines schlechtes Gewissen hatte ich dann doch noch, aber nur ein winziges!

Harry wurde dann immer öfters meine Rache und überraschte mich oft mit seinem selbst zubereiteten Essen. So gut geht es im Normalfall nur den Männern, die sich von den Frauen bedienen lassen. Jetzt fühlte ich das gleiche. ACH WIE GUT GEHT ES DOCH VIELEN MÄNNERN!

Da ich ihm erzählte, dass meine finanzielle Lage derzeit nicht so gut sei, gab er mir meistens eine ganze Tasche mit Lebensmitteln, Süßigkeiten, Kosmetika und alles was man so im Haushalt brauchte, mit. Dies machte er dann jedes Mal, wenn ich zu ihm kam.

Er schenkte mir Stoffbären aller Art und Stoffherzen, die für meinen Geschmack zu kitschig waren. Natürlich bekam ich auch Strümpfe, Parfum etc. Ich nahm alles, um ihn nicht zu kränken und die Plüschbären sammelte ich für mein Enkelkind.

Es wurde ein länger anhaltendes Abenteuer. Wie gesagt „für mich nur ein Abenteuer". Ich wollte eigentlich diesen hübschen Kerl" nicht weh tun, doch ich tat es. Er war eben ein von mir ausgesuchtes Opfer, das zufällig unverschämt gut aussah. Es kam in mir leider keinerlei Gefühl von Liebe oder „lieb haben", zum Ausdruck.

So kam es wie es kommen musste, dass ich nach einigen Monaten die Lust an der „Rache selbst" verlor.

Ich getraute mich leider nicht, es ihm persönlich zu sagen, da ich zu feige war. So wechselte ich hinterlistig meine Telefonnummer, um nicht mehr erreichbar zu sein. Ich ging zu verschiedenen Zeiten aus meinem Büro, um von ihm nicht gesehen zu werden.

Ich war zu diesem Zeitpunkt leider eine richtig fiese, feige Nuss. Ich wollte diesen hübschen, sehr lieben, Kerl nicht kränken und hatte es trotzdem getan!

Dieser Mann hatte mehr Gefühle für mich empfunden, als ich selbst. Ich musste ihm leider sehr weh tun und es tut mir bis heute wirklich von ganzem Herzen leid, doch ich konnte es nicht mehr rückgängig machen.

Das lustigste an der Sache war:

Als ich einmal von Harry später als sonst nach Hause kam, fragte mich Demi, ob ich denn mit einem anderen Mann gewesen wäre.

Ich antwortete: „ Natürlich war ich mit einem anderen Mann zusammen, bin gerade aus dem Bett gestiegen, sieht man das nicht"? Daraufhin lachte mich Demi aus und meinte abwesend: „jaja!! Er hatte sich die ganzen Jahre zu sehr auf mich verlassen.

Na ja, ich hatte auf jeden Fall die Wahrheit gesagt!

Das war meine Rache!!!!!!!! Doch wem hilft es?

Mir hat es leider einen Nachgeschmack verursacht, einen netten hübschen Kerl habe ich sehr gekränkt und Demi?

Na der hat das Ganze ja überhaupt nicht bemerkt!!!!!!

Und so ging es weiter:

An einen sonnigen Tag musste ich (wegen meiner Venen) zur Kontrolle ins Krankenhaus.

So ein schöner Tag! Ich fuhr gerade die Rolltreppe hinunter und …. „Na hallo!" was sahen meine Augen denn da? Auf der Rolltreppe gegenüber, na das konnte man aber wirklich nicht übersehen!

Dort stand er!

Ah, wieder mal ein Mann, mit dem man Rache üben könnte, aber welch ein Mann!

Ein ganz anderer! Ausnahmsweise ein etwas älterer, großer, braun gebrannter Mann, mit hellen Augen und grauen Schläfen. Ich dachte, er sei bestimmt älter als ich. Seiner Bekleidung sah man an, dass er Stil hatte. Ich tippte beruflich auf einen Arzt.

Na ja, ich bin so eine Frau, die nicht lange zu schauen braucht und so erwiderte er natürlich meinen verwunderten Blick und lächelte. Als ich den Ausgang erreichte, war er auf einmal da (Männer können auch schnell laufen, wenn sie etwas wollen).

Er lud mich zu einem Essen ein, dass ich an diesem Tag aus Zeitgründen ablehnte. Doch wir machten uns einen Treffpunkt aus. So trafen wir uns Wochen später, als Demi wieder mal in seiner Wohnung wohnte und mit seiner Situation haderte. Er lud mich zum Essen ein und wir trafen uns noch einige Male. Manchmal holte er mich vom Büro ab. Ich erfuhr, dass er ein Röntgenfacharzt war. Er war nach seinen Erzählungen schon sehr lange mit keiner Frau zusammen. Er hätte aus beruflichen Gründen sehr wenig Zeit für ein Privatleben. Doch derzeit hätte er ein wenig Zeit, da er bei einem Ärztekongress sei und er tageweise an Freizeit verfüge.

Eines Tages, als er mich wieder einmal zum Essen einlud, nahm ich ihm zu mir in meine Wohnung.

Dort fragte ich ihm, ob ich ihm etwas zu trinken anbieten könne. Daraufhin kam von ihm die Gegenfrage: „UND WAS WILLST DU?"

„Ich will nur mit dir schlafen", antwortete ich frech.

Da war dieser große, starke Mann, ziemlich verwundert. Doch dann drängte er mich etwas schüchtern, aber doch bestimmt, in mein eigenes Schlafzimmer.

Es wurde eine sehr kurze Angelegenheit und blieb bei diesem einzigen Mal.

Dieser „Weltmann" fing jedoch an zu weinen. Warum? Na ja, er war eben glücklich, er war doch schon lange nicht mit einer Frau zusammen gewesen. Ich hatte ihm wenigstens an diesem Tag ein wenig Freude bereitet.

Wir führten noch ein paar Telefongespräche, doch er war ein intelligenter Mann und wusste, dass ich es bei den Gesprächen belassen wolle. So hörten die Telefongespräche mit der Zeit auf.

Doch „ich bin froh, dass ich ihn kennen lernen durfte".

Das Ende ist abzusehen

Inzwischen machte eine Augenkrankheit Demi sehr große Probleme. Ich denke, das war für Demi die schrecklichste Zeit und für ihn eine persönliche Niederlage. Er hatte eine feste Zusage von einer Fluggesellschaft, wo er per Monatsbeginn einen Job als Pilot seinen Job antreten würde.

Nun diese Augenkrankheit! Welch ein Hohn des Schicksals!

Doch diese Augenkrankheit schien ernster als gedacht. Demi wurde anschließend zwei Mal operiert und daher als Passagierpilot untauglich. Kleine Maschinen für den privaten Flug, könne er weiterhin fliegen.

Für Demi brach eine Welt zusammen, sein Traum, der ihn einige Jahre an Zeit und sehr viel Geld gekostet hatte, war nun ausgeträumt. Ich denke mal, dass er aus diesem Grunde auch seine Depressionen bekommen hatte.

Die Zeit während seiner Augenkrankheit war eine Tortur. Er bekam eine Laseroperation, die versprechen sollte, dass sein Zustand sich verbessern sollte. Seine Launen wechselten zwischen depressiv bis zu aggressiv. Ich war dazu da, seine Launen auszuhalten. Manchmal hatte ich fast keine Kraft mehr, diesen Zustand länger auszuhalten. Einerseits hatte ich Mitleid, andererseits sah ich nicht ein, warum er seine Launen an mir ausließ. Ewig hörte ich seine immer wiederholenden Worte wie Stress und Sorgen haben. Oft war ich erleichtert, wenn er wieder in seine Wohnung fuhr. Zeitweise schien er mir wie ferngesteuert.

Ich vermutete, warum Demi diesmal so launisch war. Seine Mutter und sein jüngster Bruder hatten ja schon die Pilgerfahrt hinter sich und waren gerade aus Mekka zurückgekommen. Beide beschrieben begeistert von dieser Pilgerfahrt und waren mächtig stolz darauf. Denn ein guter Moslem sollte 1 x in seinem Leben nach Mekka pilgern. Daher spürte Demi einen gewissen Neid oder eine gewisse Trauer, dass er es bisher noch nicht geschafft hatte. Er haderte mit sich. Was hatte er zuwege gebracht? Er sollte schon längst Familie haben und in Mekka gewesen sein! Er hatte es mir ja schon öfters gesagt und so auch heute.

Die Sache ist diese: Jeder volljährige Muslim, der es sich leisten kann, ist verpflichtet, einmal im Leben nach Mekka zu pilgern. Eine Person, die den Haddsch auf sich genommen hat, trägt den Ehrentitel "Hadschi". In ärmeren Ländern, in denen sich kaum einer die Reise nach Mekka leisten kann, kann man auch als Ersatz nach Kairouan pilgern. Für diejenigen, die sich auch diese Pilgerfahrt nicht leisten können, ist er auch keine Pflicht.

In jedem Fall also, Demi haderte und haderte über seine derzeitige Situation.

Und wieder verging kostbare Zeit - und keiner von uns beiden ändert etwas daran- und warum?

Ich hatte mir vorgenommen, zu meinem "runden" eine Woche nach Ungarn zu fahren und mich dort ein wenig verwöhnen zu lassen. Der ausschlaggebende Grund war, dass ich diesen Geburtstag in dieser Lebensphase nicht wollte (wahrscheinlich weil Demi 12 Jahre jünger war als ich) und der zweite Grund, dass ich neue Kraft zu tanken musste, um das Ende meiner Beziehung möglichst gut verarbeiten zu können (wie oft hatte ich mir das schon vorgenommen!). Das Zimmer hatte ich schon reservieren lassen und ich freute mich unendlich auf diese Woche.

Ich machte mir damit selbst ein Geburtstagsgeschenk. Ich nahm mir vor, dass ich dort viel spazieren gehen, de Sonne genießen würde und – wieder einmal - über mein zukünftiges Leben nachdenken würde. Wie könnte ich es besser gestalten? Ich wollte ja schon so lange aus dieser Beziehung hinaus.

Wenn ich wirklich wollte, ich hätte keine Probleme, einen anderen Partner zu finden. Ich sehe gut aus und die männliche Welt zeigt es mir auch. Doch ich hatte derzeit keinen Kopf dafür. Warum lasse ich mir meine Zukunft kaputt machen? Warum lebte ich ein einfaches und dazu noch kompliziertes Leben, wenn ich es anders haben könnte!

Es war der 21. Dezember 2002 und meine überaus süße Enkelin wurde geboren. So schnell und so klein! Sie ist für mich das schönste und süßeste Wesen der Welt! – und – ich hatte sie schon lieb, als sie noch im Bauch meiner Tochter war.

Sie war zu diesem Zeitpunkt die allergrößte Freude, die mir mein Leben etwas versüßte.

DREI JAHRE VERGINGEN.

Öde, automatisch und keiner von uns beiden machte dem ein Ende, wie soll das weitergehen, was kommt noch? Man glaubt gar nicht, was man alles aushalten kann!

Durch Zufall wurde ich als Model für Mollige und 50+ entdeckt.

Ich hatte dies als gutes Zeichen gesehen und mich sehr darüber gefreut.

Die Jahre haben sich an meinem Körper festgeklebt. Seit Juni 2006 bin ich in frühzeitiger Rente wegen langer Versicherungsdauer. Bin mollig, doch mein Körper ist in allen Proportionen harmonisch. Das heißt, meine Oberweite und meine Hüften haben gleiche Maße. Im Vergleich vor 20 Jahren, hatte ich um ca. 10 cm zugenommen, dies jedoch am ganzen Körper gleichmäßig verteilt. Das nennt man Idealmaße, na was will ich mehr? Ich stehe dazu und bin eine Vollblutfrau.

In meiner Altersstufe bin ich eine gut aussehende Frau, (wie mein Fotograf beschrieb, eine Art Kindfrau), die sehr viel Erotik ausstrahlt und daher sehr gefragt ist.

Ich versuchte die verbleibende Zeit bei meiner süßen Enkelin zu verbringen.

Da meine Tochter in einem anderen Bundesland wohnte, hatte ich leider nicht oft die Gelegenheit, diese zu besuchen, da sich zu diesem Zeitpunkt oftmals Termine kreuzten.

Ich hatte zu dieser Zeit einige Modeschauen, die Spaß machten, mir aber nicht unbedingt das Leben erleichterten und total stressig waren.

Schleppend kam das Jahr 2006 - und wirklich - das Jahr der Entscheidung!

Demi war den ganzen August 2006 wieder in seiner Heimat und ist – wieder einmal - sehr ernst zurückgekommen. Humor Faktor „0"! Doch er war nett zu mir. Es war das ewige Gespür, dass ich fühlte und meine Nerven immer wieder strapazierte. Intuitiv brachte ich es wieder mit einer anderen Frau in Zusammenhang, „mit einer neuerlichen Brautschau".

Ich hatte natürlich „wieder einmal" Recht!!!!!!!!!

Es war der 23. September 2006 (1 Tag vor Ramadan). Diesen Tag werde ich nicht so schnell vergessen. Ich will so einen Tag nicht wieder erleben. Er war geprägt von Haushaltsarbeit und Essen zubereiten.

Obwohl Demi in der Wohnung war, fühlte ich mich alleine, er schlief, aß und schlief wieder. Nach dem Ausschlafen ging er – so wie immer an Ramadan - in den arabischen Club, um mit seinen Landesgenossen zu kommunizieren. Ich bemerkte, dass er zu diesem Zeitpunkt zu oft in den Club ging. Die Wochenenden waren dann immer öde und ohne Erlebnisse. Ich hatte einen Partner, der - wenn er anwesend war - gleich einem Möbelstück in der Ecke lag. Es war etwas im Gange, denn so schlimm war er all die ganzen Jahre nicht.

Ich muss noch bemerken, dass Demi immer die religiöse Fastenzeit einhielt, und zwar schon so lange Jahre, wie ich ihn kenne. Ich kochte daher immer fleißig, damit er seine Religion ausleben konnte.

Ah ja, er zeigte hingegen kein besonderes Interesse an Weihnachten. Er tat das mit den Worten ab: Warum denn feiern, ist ja ein Tag wie der andere! Du kannst ja feiern, wenn du willst. Was konnte ich daraus erkennen? Na ja, ich hatte seine Religion anerkannt, meinen Teil dazu beigetragen, doch er meine nicht. Was erkannte ich noch? EBEN! Er hatte sich nach 20 Jahren noch immer nicht richtig integriert.

Die Weihnachten vergingen so öde und langweilig. Da ich sowieso keinen Weihnachtsbaum mehr hatte, spürte ich auch nicht den dringenden Wunsch „meine Weihnachten" mit Demi zu feiern.

Er jammerte wie ein altes Waschweib, dass er kein Geld hatte und darunter litt. Nachdem er jedoch schon so oft über das gleiche Thema jammerte, nahm ich es nicht mehr ernst. Ich dachte mir nur: „rutsch mir den Buckel hinunter mit dem ewigen Jammern". Ich musste mein Geld ja auch selbst zusammenhalten.

Ich vermutete, dass er deswegen so jammerte, um sich Geld ersparen zu können, dass er für sein zukünftiges Projekt brauchte. Er musste sich für den nächsten Urlaub fit machen und daher Geld und Kraft sammeln.

Ich fuhr zu meiner Tochter auf Besuch, um mein süßes Enkelkind zu sehen, das gab mir wieder en wenig Kraft.

Es war der 15. Februar 2007.

Na ja, und seit einer Woche ist Demi auch wieder zurück, denn er war eine Woche in seiner Heimat. Wie immer - es wird allmählich schon langweilig - kam er wortkarg und sehr ernst zurück.

Eine Woche sah ich mir das Ganze mal an, studierte sein Gehabe und stellte ihn dann zur Rede. Ich hatte es satt, dieses blöde Gesicht andauernd sehen zu müssen. Ich kenne ihn nunmehr so lange, so dass ich schon an dem Ausdruck in seinen Augen erkennen konnte, dass etwas nicht in Ordnung war, auch wenn er log. Diesmal log er nicht, aber - er verbarg etwas!!!!! Deshalb ließ ich ihn keine Ruhe, bis ich meine Bestätigung bekam, dass ich mit meinen Vermutungen Recht hatte. Also sprach ich ihn immer wieder darauf an und sagte sehr bestimmend, dass ich weiß, dass er wieder auf Brautschau in seiner Heimat war.

Ein unsicherer Blick aus seinen Augen bestätigten meine Vermutungen. Er meinte, dass er mich liebe und dass ich in Österreich auch seine ganze Familie sei, aber er, er sei ja schon geschieden, vor seinem 50. Lebensjahr (jetzt ist er 45 Jahre) nach seiner Religion nach schon verheiratet sein und auch Kinder haben sollte.

Nochmals bohrte ich und wollte bestätigt wissen, ob er auf Brautschau war und bekam ENDLICH nach langem Zögern seine lang gezogene unsichere Antwort mit:

„Ja ja ja, vermutlich".

BLAH BLAH BLAH es wiederholte sich alles!

Trotz all dem ich es geahnt hatte, war ich zunächst geschockt, zeigte aber – so wie immer – Verständnis. Ich gab ihm mein Einverständnis und diesmal tat es auch nicht mehr weh!!!!!!

Ich denke alles hat seine Zeit und unsere war eben vorbei.

Ich wusste doch aus Erfahrung, dass die meisten Männer aus diesen Ländern zu ihren Wurzeln zurückkehren, um traditionell Familie zu gründen.

Ich wusste von Beginn unserer Beziehung an, dass ich diese Frau für seine Zukunft niemals sein werde. Er würde sich traditionell einer arabischen Frau zuwenden und den Vorrang geben.

Diese eigene Art Liebe, die ich für ihn einmal empfand, musste ich ganz einfach durchleben. Ich habe daraus gelernt.

UND WIEDER EINMAL - so wie schon so oft – hatte ich die Bestätigung, dass in unserer Beziehung Integration nur ein leeres Wort war.

DENN: Diese „Integration" hatte „NUR BEI MIR" stattgefunden. Ich hatte mich an ihm angepasst und Verständnis für all seine Situationen bis zur bitteren Neige gezeigt. Deswegen ging ich trotz allem stolz und mit erhobenem Hauptes auch dieser Beziehung hinaus.

ICH HATTE ALLES VERZIEHEN!! Doch vergessen konnte ich nicht.

Es war der 20. Juli 2007 und Demi fuhr zu seiner Hochzeit, diesmal jedoch zu seiner 2. Hochzeit.

Wir hatten uns ausgesprochen. Es war der zweite Anlauf und ich hoffte für ihn, er würde nun endlich das Glück finden, dass er lange suchte. Ich hoffte, dass er jetzt endlich Familie gründen könne, um seine Pflicht endlich zu erfüllen.

Als ich dann drei Wochen später ein SMS per Handy bekam, dass er verheiratet sei und auf der Fähre nach Italien sei, war ich beruhigt. Es war eine Bestätigung, dass alles geklappt hatte.

Demi ist heute ein ganz lieber Familienvater.

Wir haben bis heute weiterhin sehr guten freundschaftlichen Kontakt. Ob er glücklich ist, darüber haben wir bis heute nicht gesprochen und ich will es auch nicht wissen.

Ich wünsche ihm Alles Gute

ES IST ERLEDIGT! ES IST VOLLBRACHT!

Zwei Jahre und 6 Monate später:

Gott bin ich glücklich!! Seit zweieinhalb Jahren bin ich ein sorgloser, überaus zufriedener Single. Jeden Morgen stehe ich überglücklich auf und sage mir: Mein Gott hast du Glück, es ist ein schöner Tag und dieser Tag gehört mir ganz alleine, keiner stört, keiner nörgelt, keiner liegt meine Sitzgarnitur durch, keiner kritisiert meine Musik und meine Hobbys. Meine letzte, 20-jährige Beziehung hatte ich nun endlich erfolgreich abgeschlossen. Damit mich keiner mehr gefühlsmäßig erreichen konnte, hatte ich mir mit der Zeit einen kleinen Panzer angelegt und mich aus Sicherheitsgründen entschlossen, niemals mehr einen Mann in mein Leben eindringen zu lassen.

Ich ließ deshalb alle - aber wirklich alle - Männer abblitzen und gab keinem die geringste Chance, an meinem Leben teilzunehmen. Sicherlich waren einige tolle Männer dabei, doch ich fand es nicht der Mühe wert, einen solchen an mich näher heranzulassen.

Ich bin eher der Typ Frau, die vorwiegend von jüngeren Männern angesprochen wird. DAS IST ECHT ANSTRENGEND! und oft sehr nervenaufreibend.

Ich beobachtete täglich mit einem gewissen Genuss die Pärchen, die miteinander stritten oder nebeneinander saßen, oft kein Wort miteinander sprachen. Ich sah auch bei vielen „diese gähnende Leere" in ihren Augen.

NEIN DANKE, so etwas wollte ich nicht mehr haben. Ich hatte „für mich" mein wahres Glück, nämlich Single zu bleiben, endlich gefunden!!!

Ein schöner Tag, die Sonne schien, unbeschwert und sehr guter Laune, war ich von einem Einkauf auf dem Heimweg.

Ca. 30 m vor mir, neben dem Gehweg auf einem Parkplatz, sah ich ein silbernes Sportcabriolet mit Schweizer Kennzeichen.

Ich war verwundert, was tat ein Schweizer in unserer Gegend?

Beim Vorbeigehen schielte ich verstohlen in das Autoinnere. Was ich dort sah, das machte mich binnen Sekunden unfähig, noch klar zu denken.

Ich sah – eine für mich – sehr schöne, männliche, gepflegte Hand, die sich Richtung Handschuhfach bewegte. Mir stockte fast das Blut in den Adern. Sofort begann mein Herz sehr stark zu klopfen. Ich fühlte die große GEFAHR. Mein Gott, was ist denn los? Bist du verrückt?

„Diese Hand", nur diese eine Hand änderte binnen Sekunden meine ganze Einstellung gegenüber den „saublöden Männern", die ich mir abgeschworen habe.

Diese eine Hand, mit diesen überaus schönen Fingern, verursachte bei mir ein Ringelspiel der Gefühle, dass sogar meine Knie weich wurden.

„Mein Gott", es müsste wunderschön sein, von dieser Hand gestreichelt zu werden. Ich war verrückt, warum dachte ich das nur?

Ich versuchte abzuschalten, versuchte mir einzureden, dass das nicht sein dürfe.

Ich war glücklich und wollte es auch bleiben. Ein Mann hatte keinen Platz in meinem Leben, in keinem Fall!

Ruckartig ging ich so schnell ich konnte, weiter. Meine Gedanken waren so aufgewühlt, dass ich einen trockenen Mund bekam. Mein Körper vibrierte ein wenig und ich versuchte andere Gedanken zu haben, was mir absolut nicht gelang!

Als ich ca. 20 Meter an dem Auto vorbei war, hörte ich hinter mir eine Stimme, die mir den Atem raubte und sich binnen Sekunden meine Körperhaare aufstellten. GEFAHR, GEFAHR, GEFAHR!!!!!!!! „Herrgott hilf mir welch eine Stimme!" Diese Stimme drang durch meinen ganzen Körper. Ich fühlte mich wie von einem Magnet hingezogen. Diese Stimme hatte für mich eine äußerst erotische Anziehungskraft, der ich mich nicht mehr entziehen konnte. Diese männliche, jedoch sanfte Klangfarbe raubte mir fast den Verstand. Diese Stimme streichelte meinen Körper. Ich wollte flüchten, doch meine Beine gehorchten mir nicht. Was war das? Ich musste verrückt sein! Ich hatte derartiges noch nie zuvor in meinem Leben erlebt!

„Entschuldigen sie, könnten sie mir den Weg zum Markt erklären?" Hörte ich diese wunderbare Stimme sagen.

Wie in Trance drehte ich mich im Zeitlupentempo um und sah „IHM", einen - für mich verdammt perfekten - sehr gut aussehenden Mann, der alles hatte, was ich mir je von einem Mann erträumte.

Warum nur, warum mir? Wie hypnotisiert sah ich in seine strahlend grünen Augen, und mir wurde schwindelig bei dem Ausdruck in seinen Augen. Ich musste mich zusammennehmen, er sollte auf keinem Fall merken, dass er mir so gut gefiel.

Zum Teufel noch mal, leider gefiel mir alles, aber wirklich alles an ihm. Ich hasse doch alle Männer, zum Teufel mit ihnen!

DOCH: „ER" war genau das Gesamtpaket meines Traummannes. Sein Aussehen, seine Kleidung, sein Geruch, seine Stimme, alles. Sekundenschnell registrierte ich nochmals seine Gesamterscheinung. Er hatte guten Geschmack bei seiner Kleidung, die sportlich elegant war. Er roch so gut! Dieser gute Geruch passte zu ihm.

Mein Gott dieser Mann ist mir alle Sünden der Welt wert! Sein Name? Der ist genau so schön wie er!

Und was ist daran besonders?

Ich spürte zum ersten Mal in meinem Leben, wie sich Liebe anspürt!! UND - es war Liebe auf den ersten Blick!

Was sollte mir jetzt noch Schlimmeres passieren?